Schmetterlinge lügen nie

Lucinde Hutzenlaub wurde in Stuttgart geboren und lebt nach mehreren Auslandsaufenthalten auch wieder dort. Sie arbeitet als Autorin und Kolumnistin, ist verheiratet und hat drei Töchter und einen Sohn im Alter zwischen 13 und 24. Bei jeder (Liebes-)geschichte der vier lacht, liebt und leidet Lucinde immer auch ein bisschen mit.

Von Lucinde Hutzenlaub bereits erschienen:

Ich bin V wie Vincent

Mehr über unsere Autoren und Illustratoren auf:
www.planet-verlag.de

LUCINDE HUTZENLAUB

Schmetterlinge lügen nie

PLANET!

1

EINEN FREUND ZU HABEN, IST WICHTIG. EINER ZU SEIN, EBENSO. (SNOOPY)

> Ma Chérie, wie geht es dir? Mir geht es gut. Wir haben sehr viel Spaß, aber tu me manques! Ich vermisse dich! XXX, Maxim

Ein letztes Mal las Charlie Maxims WhatsApp von vor ein paar Tagen, bevor sie aufstand und das Handy in die Gesäßtasche ihrer Shorts schob.

»Wer zuerst bei Toni ist, hat gewonnen!« Sie stupste ihre beste Freundin und Nebensitzerin Anouk mit dem Ellbogen an, schnappte sich ihr Zeugnis und steckte es in ihre Umhängetasche. Endlich Sommerferien! Und allerhöchste Zeit für eine kleine Ferienanfangsfeier mit Anouk, Johann und Theo am See. Wenn sie heute Abend zu Hause war, hatte Maxim bestimmt geschrieben. Schließlich hatte sie in ein paar Stunden Geburtstag, da hatte er sich sicher eine ganz besonders romantische Message für sie ausgedacht.

Jetzt wollte Charlie vor allem so schnell wie möglich raus hier, in die Sonne und zu Antonio »Toni« Bertazzoni, ihrer aller Lieblingseisdiele am See. Mit dem Fuß schob sie ihren

Stuhl an den Tisch. Ein freudiges Kribbeln breitete sich in ihrem ganzen Körper aus. Sie hatte sich beinahe ein ganzes Jahr auf diesen Moment gefreut und konnte nun kaum noch eine Sekunde länger still sitzen.

»Perfekt! Und wer die besseren Noten hat, bezahlt!« Anouk stand ebenfalls auf. »Also ich!«, ergänzte sie fröhlich. »Aber das ist es mir so was von wert.«

Die komplette 10a des Otto-Hahn-Gymnasiums lachte und redete durcheinander. Keinen hielt es länger als nötig im Klassenzimmer. Sommerferien! Und nicht nur das: Morgen war Charlies sechzehnter Geburtstag. Mit dem Abschluss der zehnten Klasse hatten alle zweiunddreißig Schüler der 10a auch den Realschulabschluss in der Tasche. Keiner war durchgefallen, auch wenn das am Anfang des Schuljahres noch nicht sicher gewesen war. Schon gar nicht bei Charlie und ihrer Französisch-Fünf in der Neunten.

Draußen schien die Sonne und wartete nur darauf, die vielen viel zu blassen Schüler zu wärmen und ihnen den einen oder anderen Sonnenbrand zu verpassen.

»Tschüss, Zehner, und schöne Sommerferien!«, rief die Klassenlehrerin Frau Schubert in den allgemeinen Tumult. »Erholt euch gut und kommt gesund wieder. Ach ja, und einen Moment noch, s'il vous plaît! Was dürft ihr nicht vergessen?« Sie grinste vergnügt, als sie noch ein letztes Mal den Schülern ihr Sprücheritual aufzwang. Es war die letzten zwölf Monate so nervig wie hilfreich gewesen, und Charlie war froh, dass sie ihre Klassenlehrerin noch ein Jahr behalten würden. Auch wenn selbstverständlich nicht Frau Schuberts Sprüche, sondern vor allem Maxim der Grund dafür war, dass sich ihre Franz-Noten so deutlich verbessert hatten. Trotzdem schob sie den Gedanken an ihren Freund vorerst beiseite. Er konnte getrost noch ein bisschen warten. Denn in ein paar Tagen würde sie nach Nizza fahren und ihn endlich wiedersehen – und sich nicht nur dank der vielen Selfies, die er ihr schickte, daran erinnern müssen, wie er aussah, wie er roch und wie er sich anfühlte. *Tu me manques … Du fehlst mir*! Nicht mehr lange, Maxim, schwor sie sich in Gedanken. Für den wirklich allerletzten Grammatik-Spruch in ihrem Leben als Zehntklässlerin ließ Charlie sich allerdings gern noch einmal auf der Tischkante nieder.

»Vor e und i sprich ›sche‹ und ›schi‹, vor a, o, u sprich ›ga‹, ›go‹ und ›gu‹«, antwortete die Klasse das letzte Mal für dieses Schuljahr im Chor.

Frau Schubert nickte zufrieden. »Très bien. Und jetzt: Geht endlich! Au revoir!« Lächelnd scheuchte sie die Schüler nach draußen, bevor sie ebenfalls ihre restlichen Schulsachen in ihre Tasche packte, aber das sahen Charlie und Anouk schon nicht mehr.

Beide Mädchen quetschten sich kichernd durch die Klassenzimmertür, um als Erste bei den Fahrrädern zu sein. Als sie dort ankamen, waren sie völlig außer Atem. Sie versuchten, jeweils schneller als die andere das Fahrradschloss aufzuschließen.

»Erste!« Anouk hielt triumphierend ihr Schloss in die Höhe.

»Angeber!«, gab Charlie zurück. Auch sie hatte es geschafft.

Beide warfen ihre Schlösser und Schulsachen in ihre Fahrradkörbe.

»Weißt du, ob Johann und Theo auch kommen?« Anouk schob ihr Rad neben Charlies aus dem Fahrradschuppen.

»Sind Sommerferien?«, fragte Charlie zurück. »Scheint die Sonne? Ist Wasser im See? Habe ich morgen Geburtstag?«

Anouk unterbrach sie lachend. »Schon gut, schon gut, ich habe es begriffen!«

Kopfschüttelnd fuhr Charlie fort, als hätte Anouk nichts gesagt: »Was für eine Frage! Natürlich kommen sie! Es sei denn natürlich, sie sind längst da!«

Theo und Charlies Bruder Johann waren zwar nicht mehr auf dem sprachlich orientierten OHG, sondern seit dem letzten Schuljahr auf dem benachbarten Wirtschafts-Gymnasium, aber Ferien hatten sie schließlich auch. Und wo, wenn nicht am besten Ort der Welt mit den besten Menschen der Welt, sollten sie sonst sein? Also jedenfalls, wenn man mal von Maxim und dem steinigen Strand von Nizza absah.

Charlie stieg auf ihr weißes Rad, das sie ihrer Oma abgeschwatzt hatte, weil es so schön altmodisch war und einen total bequemen Sattel hatte. Sogar ein geflochtener Korb war vorne am Lenker befestigt, den Charlie noch zusätzlich mit Seidenblumen geschmückt hatte, sodass ihr Bruder jedes Mal einen Lachkrampf bekam, wenn er sah, wie sie dieses Rad anstelle ihres modernen Mountainbikes benutzte. Aber Johann hatte schließlich auch keinen blassen Schimmer von Style und interessierte sich nur für Geschwindigkeit und Sport und … seit Neuestem auch noch für ihre beste Freundin Anouk, aber das war eine ganz andere Geschichte.

Leider hatte das Rad tatsächlich nur drei Gänge, somit war ihre Chance, zeitgleich mit Anouk oder gar vor ihr am See zu sein, bei null. Aber das machte nichts. Hauptsache, sie würden gleich alle zusammen in den bunten Klappliegestühlen chillen und aufs Wasser schauen.

»Theo und du, ihr braucht echt kein Telefon, um euch zu verabreden, oder?«, fragte Anouk, während sie nebeneinander durchs Schultor nach draußen radelten.

»Was meinst du?« Charlie war ein wenig vom Abschiednehmen abgelenkt. Sechs Wochen ohne den Pausenhof, das Basketballfeld und die Schulglocke.

Bye-bye, OHG und zehnte Klasse, dachte Charlie, au revoir und auf Wiedersehen in der Elften. Hello, Sommerferien. Salut, Maxim. *Tu me manques aussi! Ich vermisse dich auch!*

Ihr Bauch kribbelte voller Vorfreude. Höchste Zeit, dass sie sich wiedersahen. Sie hatte schon vergessen, wie seine Stimme klang, wenn er ihren Namen sagte.

Ach, Maxim. Sie seufzte.

»Alles klar?« Anouk schielte zu ihr rüber.

»Ja, klar alles klar! Ich habe nur gerade …«

»… an Maxim gedacht«, vervollständigte ihre beste Freundin Charlies Satz und schnaubte.

»Woher …?« Verwirrt sah Charlie zu Anouk hinüber.

»Woher ich das weiß?«, erwiderte sie grinsend und verdrehte die Augen. »Na, ganz einfach: Weil ich diesen Seufzer seit den letzten Sommerferien schon bestimmt tausend Mal gehört habe.« Sie schüttelte den Kopf. »Aber ganz ehrlich: Wenn er im richtigen Leben nicht mehr zu sagen hat, als in seinen WhatsApps, dann verstehe ich echt nicht, was du an ihm findest. Ich meine, mehr als *Hallo, Charlie, was geht ab, ich vermisse dich, hier das dreimillionste coole Surferfoto von mir,* hat er dir noch nie geschickt, oder?«

Charlie wusste, dass ihre Freundin es nicht böse meinte, aber trotzdem versetzte ihr die Art und Weise, wie Anouk von dem Jungen sprach, in den Charlie verliebt war, einen Stich, und sie schluckte die bissige Bemerkung hinunter, die ihr auf der Zunge lag.

»Was hast du damit gemeint, dass Theo und ich kein Telefon brauchen, um uns zu verabreden?«, lenkte sie schnell vom Thema ab. Die Sommerferien und ihr Geburtstag waren wichtiger und besser, als mit Anouk wegen Maxim zu streiten. Schließlich kannte sie ihn überhaupt nicht und hatte keine Ahnung, wie er wirklich war. Aber eine leise schmerzhafte Stimme wisperte tief in ihr, dass an dem, was Anouk gesagt hatte, sehr wohl was dran war. Und abgesehen davon hatte Maxim schon eine halbe Woche gar nichts mehr geschrieben. Noch nicht einmal ein Foto von sich hatte er geschickt, und das war noch nie vorgekommen. Besser also, sie beschäftigte sich mit Anouks Theorie von der Gedankenübertragung zwischen ihr und ihrem besten Freund Theo. Schräg genug war es ja schon, dass sie beide diese ganz spezielle Verbindung hatten.

»Weißt du eigentlich immer, wo er ist?«, fragte Anouk und trat in die Pedale, um sich besser in den Verkehr einfädeln zu können. Den ersten Teil der Strecke mussten sie auf der Straße fahren, bevor am Ortsausgang endlich der Fahrradweg begann.

Charlie gab Gas, damit ihre Freundin ihr nicht davonfuhr.

»Keine Ahnung, da habe ich noch nicht wirklich drüber nachgedacht«, behauptete sie und war froh, dass Anouk ihr nicht ins Gesicht sehen konnte, denn dann hätte sie bemerkt, dass Charlie schwindelte. Sie hatte sehr wohl darüber nachgedacht. Und sie hatte sich dabei selbst ziemlich oft gefragt, woher diese Verbindung kam und warum es sie gab. Klar, sie war auch mit Anouk total eng, und schon allein weil sie in dieselbe Klasse gingen und mit denselben Leuten abhingen, wusste sie meistens, wo sie ihre Freundin finden konnte, aber mit Theo war es trotzdem anders. Sie waren miteinander aufgewachsen, schon klar, aber das hieß noch lange nicht, dass sie auch dieselben Sachen lustig finden mussten, die außer ihnen anscheinend keiner witzig fand. Dass sie einfach *wusste*, wo Theo war, und noch viel schräger, wie er sich fühlte. Seit einiger Zeit war das allerdings nicht mehr ganz so deutlich spürbar für sie gewesen. Theo war irgendwie … verschlossen. Er hielt Charlie immer ein klitzekleines bisschen auf Abstand, was außer ihr niemand merkte. Es hatte direkt begonnen, nachdem sie Theo von Maxim erzählt hatte. Bescheuert, was sie da dachte. Als ob er darauf Einfluss nehmen konnte oder gar eifersüchtig auf Maxim war. Sie schüttelte über sich selbst den Kopf. Sie waren beste Freunde, auch wenn sie beide letztes Jahr für einen Augenblick beinahe gedacht hatten, dass mehr daraus werden würde. Ein kurzer Kuss in einer Sommernacht, mehr ein Zufall als Absicht, und ein kurzes Aufflattern von Schmetterlingen, die sich irgendwie verirrt haben mussten … Ein Irrtum. Ein Versehen. Nicht schlimm. Über kurz oder lang würde auch Theo jemanden kennenlernen, und dann würde sie sich für ihn freuen, so wie er sich für sie und Maxim freute. *Eifersüchtig.* Beinahe hätte sie laut aufgelacht.

»Du bist heute echt merkwürdig drauf, Charlie Brown!« Anouk sah sie von der Seite an. »Was ist denn jetzt wieder? Überlegst du etwa schon, wer von uns das Eis zahlt? Nichts zu machen, ma chère, ich habe definitiv die bessere Franz-Note, Maxim hin oder her.« Sie grinste.

»Aber du kannst sagen, was du willst«, gab Charlie gut gelaunt zurück, »dank ihm rücke ich auf!« Es stimmte: Der zweiwöchige Französischsprachkurs in Nizza hatte Charlie wirklich wahnsinnig viel gebracht, aber Maxim hatte mit der stabilen Drei vermutlich mehr zu tun als der Paukkurs. Immerhin *wollte* sie ihm zuliebe diese schrecklich schwierige Sprache plötzlich lernen und es hatte funktioniert. Mit Anouk und ihrem Einserschnitt würde sie trotzdem nie mithalten können, aber das war auch nicht wichtig. Hauptsache, sie konnten auch im nächsten Schuljahr wieder nebeneinandersitzen.

Auf dem Parkplatz vor dem kleinen Wäldchen, durch das man an den See und somit auch zur Eisdiele gelangte, standen ziemlich viele Autos. Um diese Zeit waren normalerweise kaum Schüler am See, dafür eine ganze Menge Mütter mit ihren kleinen Kindern oder Rentner, die mit unglaublichem Ehrgeiz Bahnen zogen, und Rentnerinnen, die knietief im Wasser standen und sich mit geblümten Badekappen auf dem Kopf den neuesten Klatsch erzählten oder über die Wasserqualität fachsimpelten. Aber heute war der erste Ferientag und ab sofort gehörte der See den Schülern.

Anouk und Charlie tauchten in das kühle Grün des Wäldchens. Rollsplit knirschte unter ihren Rädern und das typische Kreischen und Juchzen von Kindern und Jugendlichen, die vom hölzernen Sprungturm sprangen oder im flacheren Wasser Ball spielten, drang an ihr Ohr. Und noch etwas:

»Charlie? Charlie Brown? Hey, wartet doch mal!«

Gerade als sie den Wald hinter sich gelassen hatten, hörten sie, wie zwei Fahrräder schnell zu ihnen aufschlossen. Rechts und links der beiden Mädchen tauchten Johann und Theo auf, aber da war es wieder: Selbst wenn Theo nicht ihren Namen gerufen hätte, Charlie hätte gespürt, dass er es war. Die beiden Jungs waren von oben bis unten komplett mit Schlamm bespritzt. Direkt neben dem See war ein sogenannter Trail, ein schmaler und steiler Pfad, auf dem nicht nur Johann und Theo, sondern auch noch viele andere Jugendliche mit ihren Mountainbikes ziemlich waghalsig bergab fuhren. Ihr größtes Glück war dabei eine kleine Senke, die selbst an heißen Tagen wie heute so viel Wasser gespeichert hatte, dass es für eine ordentliche Schlammdusche reichte.

»Na? So gute Laune? Seid ihr etwa doch noch versetzt worden?« Theo fuhr freihändig und rieb sich über sein verschwitztes und schlammverspritztes Gesicht, aber damit verschlimmerte er es nur noch. Die beiden Mädchen lachten.

»Wir schon, aber wie sieht es mit euch aus?« Anouk machte absichtlich einen kleinen Schlenker in Johanns

Richtung, sodass er ausweichen musste, knapp vorbei an einem tief hängenden Ast.

»Hey! Sollen wir dir deine Stützräder wieder anmontieren, Nucki?« Johann nannte Anouk hartnäckig bei ihrem Spitznamen aus Kindergartenzeiten, von dem sie behauptete, dass sie ihn überhaupt nicht leiden konnte. Aber Charlie glaubte ihr kein Wort. Warum sonst hätte sie sich sowohl auf Instagram als auch auf Snapchat so nennen sollen?

»Was? Du kannst einen Schraubenschlüssel halten?«, konterte sie und strahlte Charlies Bruder an.

»Na warte! Das wirst du nachher büßen, wenn wir im Wasser sind! Wie lange genau kannst du die Luft anhalten?«

Charlie spürte, wie ein unglaubliches Glücksgefühl in ihr aufstieg, während sie dem fröhlichen Geplänkel ihrer Freunde und ihres Bruders zuhörte. Hier war sie, Charlotte Haferkamp, versetzt in die elfte Klasse, nur noch ein paar Stunden von ihrem sechzehnten Geburtstag entfernt, mit den Menschen, die sie außer ihrer Familie am liebsten hatte. Das heißt, einer fehlte natürlich. Maxim.

In dem Moment, als der See funkelnd und verheißungsvoll vor ihnen auftauchte und Charlies Clique weiter herumalberte, mischte sich eine unglaubliche Sehnsucht in ihr Glück.

Wenn nur Maxim auch hier sein könnte. Oder besser noch: Charlie bei ihm in Nizza. Aber diesen Wunsch musste sie ihren Freunden ja nicht auf die Nase binden. Sie würden es vermutlich sowieso nicht verstehen. Vielleicht aber hatte er ja wenigstens geschrieben.

2

MEINE NEUE PHILOSOPHIE: ALLES IST GUT. (SALLY BROWN)

»Okay, Leute, wer nimmt was? Und natürlich das Wichtigste: Wer zahlt?« Grinsend nahm Theo seinen Helm ab und fuhr sich durch die braunen Haare, die in alle Richtungen abstanden. Charlie musste lachen. Überall da, wo der Helm und die Sonnenbrille sein Gesicht bedeckt hatten, war er sauber, aber um seine Augen herum trug er eine Extra-Brille aus Dreck. »Du siehst aus wie ein Panzerknacker, Theo. Hat dir noch nie jemand gesagt, dass man das Visier auch runterklappen kann?«

»Ach, dafür ist das Ding da!« Übertrieben erstaunt schlug er sich gegen die Stirn. Seine grünen Augen blitzten vergnügt. »Und ich dachte immer, das nimmt man nur, wenn es regnet … Panzerknacker, also wirklich! Ich bin doch kein dummer Bankräuber! Du liest einfach zu viele Comics, Charlie Brown!« Er wuschelte ihr durch die langen rotblonden Haare.

Es stimmte: Charlie liebte Comics. Am allermeisten aber liebte sie Snoopy, Lucy, Sally, Woodstock und eben Charlie Brown von den *Peanuts* und mochte es dementsprechend auch, wenn Theo sie Charlie Brown nannte. Es klang so vertraut. Klar, auch die anderen benutzten diesen Spitznamen, aber wenn Theo sie Charlie Brown nannte, dann fühlte es sich an wie ein Geheimcode für ihre Freundschaft. Darin steckte alles, was sie beide ausmachte und verband. Lustig, dass sie sich nie einen Spitznamen für Theo ausgedacht hatte. Wenn sie Charlie Brown war, wer war dann er? Charlie musste lachen, als Theo seinen Kopf schüttelte und kleine Dreckbröckchen durch die Gegend flogen. Ganz einfach: Wie hieß das schmutzigste Wesen bei den Peanuts?

»Was grinst du so, Charlie Brown?« Er hatte sie natürlich ertappt.

»Ich? Ach, nichts, liebster Theo. Ich habe mir nur gerade überlegt, wer von den Peanuts du wohl wärst.«

»Und auf wen bist du gekommen?«

»Da gibt es nur einen: Pig Pen! Ein netter Kerl, ehrlich, aber dass er immer diese Wahnsinns-Staubwolke um sich hat …« Sie drehte sich schnell weg, als Theo sich noch einmal extra stark schüttelte.

»Was meinst du mit Staubwolke?« Er lachte, als sie sich demonstrativ über die Arme wischte. »Also, ich hätte da an jemand ganz anderen gedacht«, sagte er dann lächelnd.

Es sollte bestimmt ein Scherz sein, aber Charlie spürte, dass mehr dahintersteckte als nur ein kurzer alberner Dialog zwischen ihnen beiden. Und natürlich war Theo nicht Pig Pen. Auch wenn er das Dirtbikefahren liebte, so war er doch abgesehen davon immer frisch geduscht und roch ziemlich gut. Außerdem trug er diesen lässigen Skater-Style, bestehend aus Shirt, kurzer Hose und Vans oder Flip-Flops, meist gekrönt von einer Cap oder Mütze, die an ihm gut aussah, ohne dass er eitel rüberkam.

Theo war mindestens einen Kopf größer als Johann und ziemlich schlaksig, dabei hatte er immer Hunger und aß alles auf, was ihm in die Finger kam. Seine Arme, sein Gesicht und seine Beine waren schon leicht gebräunt, weil er ständig draußen war. Dementsprechend waren seine Noten wie die von Charlie auch eher durchschnittlich. Auf Theo würde daher vermutlich ebenfalls nicht das Los fallen, das Eis für seine Freunde zahlen zu müssen. Johann, Charlies großer Bruder, war da schon eher ein Kandidat. Er war mit seinen blonden längeren Haaren optisch genau das Gegenteil seines Freundes, außerdem schon achtzehn und ihm auch, was die Noten anging, ein paar Schritte voraus. Charlie war stolz auf ihren großen Bruder, weil er superzuverlässig war, ein megaguter Sportler und weil er ein Ziel hatte: Johann wollte Medizin studieren und irgendwann bei Ärzte ohne Grenzen dabei sein. Dass er freiwillig für ein Einser-Abi paukte, konnte Charlie zwar überhaupt nicht verstehen, aber sie fand es toll, wie zielstrebig er unterwegs war. Und dass er trotzdem ein echt guter Freund und immer zur Stelle war, wenn ihn jemand brauchte. Das hatte er mit Theo gemeinsam. Und zumindest in diesem Moment – den Dreck im Gesicht.

»Dieses Jahr ist definitiv Anouk dran mit Bezahlen«, sagte Johann gerade. »Ich habe leider nur einen Schnitt von eins Komma acht, dank Deutsch.« Er verdrehte die Augen. »Ich verstehe es einfach nicht. Warum muss man auf dem Wirtschafts-Gymnasium auch unbedingt Noten in Deutsch bekommen? Ich habe doch dorthin gewechselt, weil ich gut mit Zahlen umgehen kann und eben nicht mit Buchstaben. Zum Glück hab ich noch ein Jahr bis zum Abi.« Er fuhr sich durch seine blonden Haare und seufzte theatralisch. »Wenigstens hab ich nicht auch noch Französisch«, fuhr er fort. »Das wäre echt mein Tod!«

Charlie und Anouk lachten, während sich Theo über ihre Räder beugte, um sie zusammenzuschließen.

»Apropos Französisch, Charlie: Wie sieht's denn bei dir aus?«, schaltete sich Theo ein, ohne aufzusehen. »Musst du wieder in deinen Paukkurs oder kannst du diesen Sommer ein bisschen länger mit uns abhängen?«

Schwierige Frage. Charlie hoffte natürlich sehr darauf, dass sie noch mal nach Frankreich und zu Maxim fahren durfte. Aber ihre Eltern hatten nichts dergleichen gesagt und bloß immer wieder erwähnt, wie sehr sie sich über Charlies gute Französischnote freuten. Eine schlechte Note zu schreiben, nur um nach Nizza fahren zu können, war also nicht wirklich eine Option gewesen. Und dann gab es da noch die Tatsache, dass ihre Beziehung zu Maxim das Einzige war, worüber Theo und sie noch nie wirklich gesprochen hatten und sie nach wie vor nicht so richtig wusste, wie er darüber dachte.

»Ich … also … keine Ahnung …« Sie zuckte mit den Schultern. »Mal sehen«, murmelte sie. Höchste Zeit, das Thema zu wechseln. »Ich hab jedenfalls eine Drei in Franz.« Plötzlich war die Freude über das gute Zeugnis irgendwie verpufft, daran änderte auch das Gejohle ihrer Freunde und

Theos Faustcheck nichts. Sie musste zwar lachen, aber irgendwie fühlte sich alles so falsch an, auch wenn Theos Gesicht vor Glück strahlte. Wenn sie doch auch nur so glücklich über ihre Note sein könnte …

Anouk legte den Arm um sie. Sie war die Einzige, der Charlie alles von Maxim erzählt hatte. »Wird schon klappen«, flüsterte sie, »auch wenn …«

»Ich weiß«, unterbrach Charlie ihre Freundin und verdrehte die Augen, »auch wenn du Maxim für einen selbstverliebten Angeber hältst und dir wünschst, ich würde das endlich einsehen.«

»Wer ist ein selbstverliebter Angeber?«, schaltete sich Johann ein. »Ihr sprecht hoffentlich nicht von mir!«

»Na, von wem sonst, Bruderherz?«, gab Charlie zurück und alle lachten.

»Hey, und überhaupt: Eine Drei ist noch lang kein Grund, auf ein Eis zu verzichten!« Anouk grinste und stieß ihre Freundin mit dem Ellbogen in die Seite, bevor sie sich wieder an Johann wandte. »Aber sieht tatsächlich so aus, als würde ich zahlen, Jonny.« Sie zeigte mit dem Daumen auf sich selbst. »Eins Komma drei, tut mir leid.« Sie grinste. »Also … wenn du mal Deutschnachhilfe brauchst, darfst du dich gern melden.« Sie hielt Charlie die Faust hin, damit sie dagegenboxen konnte, wie immer bei einem besonders gelungenen Scherz, und lachte, als Johann stöhnend die Hände vors Gesicht schlug.

»Du machst mich fertig, Nucki!«

»Immer gern«, antwortete sie und warf ihm eine Kusshand zu. Charlie sah das glückliche Glitzern in ihren Augen, als er sie fing. Auch ihr Bruder strahlte über das ganze Gesicht. Das hier schien die Sommerromanze schlechthin zu werden. Fehlte nur noch jemand für Theo, dachte Charlie.

»Ecco: Was darfe sein, junge Dame?« Theo unterbrach ihre Gedanken, indem er eine kleine Verbeugung in Richtung Anouk machte. Er ahmte damit Antonio »Toni« Bertazzoni perfekt nach, den Besitzer der Eisdiele am See. Dort kellnerten die vier seit dem letzten Sommer regelmäßig oder gönnten sich selbst ein Eis.

»Ich nehme Mango und Minze.« Johann überkreuzte die Arme vor der Brust. »Selbstverständlich mit Sahne. Weil du es bist, Nucki, sogar die doppelte Menge!«

»Ekelhaft!«, konterte sie und meinte ziemlich sicher die Eiskombination.

Johanns Geschmacksnerven waren vermutlich aus Beton, sonst würde er sich nicht immer die seltsamsten Eissorten aussuchen. Charlie war sich sicher, dass er der Erste wäre, der begeistert Erdbeer-Tortilla oder Kirsch-Salami ausprobieren würde, wenn Toni auf die absurde Idee käme, solche Sorten zu produzieren. Glücklicherweise war Minze das Exotischste, was er im Programm hatte. Schlimm genug.

Gemütlich schlenderten sie die wenigen Meter von den Fahrradständern zu Tonis Theke, von wo aus er ihnen schon zuwinkte.

»Allora, da seid ihr ja endlich! Habe ich schon gedacht, ihr versteckt euch zu Hause, weil eure Noten so schlecht sind!« Er kicherte über seinen eigenen Scherz.

Toni war mindestens sechzig und hatte sowohl einen

riesigen Bauch als auch einen riesigen Schnauzbart und ein riesiges Herz. Seine Frau Anna stand in der Küche und machte außer dem Eis auch noch kleine köstliche Panini, Pizzaiolas und Bruschette, die die Seegäste ihr beinahe aus den Händen rissen. Die beiden hatten nicht nur drei Kinder, sondern auch unzählige Enkel, die aber alle in Italien, genauer gesagt in Syrakus, Sizilien, lebten, und nach denen sich sowohl Anna als auch Toni unglaublich sehnten. Ab Ende September bis Ende April war die Eisdiele deshalb auch geschlossen und die beiden fuhren nach Hause. Aber im Sommer arbeiteten sie rund um die Uhr und behandelten stattdessen Theo, Charlie, Anouk und Johann, als wären sie ihre eigenen Kinder.

Der See war der beste Platz der Welt, da waren sich alle einig, aber ein Sommer dort ohne Toni und Anna war unvorstellbar.

»Ecco: Was darfe sein, junge Dame?« Es hörte sich genauso an, wie Theos Version und selbstverständlich fehlte auch die Verbeugung nicht. Als dann auch noch Johann seine merkwürdige Bestellung aufgab und Toni sich mit vor Ekel verzogenem Gesicht schüttelte, lachten alle.

»Bene, einmal Mango, Minze und Sahne«, wiederholte er und schüttelte sich gleich noch einmal. »… Das ist eine schreckliche Combinazione, Giovanni, mein Freund.« Kopfschüttelnd reichte er Johann sein Eis.

»Was ist mit dir, Anita? Teodoro? Carlotta?« Toni war felsenfest davon überzeugt, dass jeder Name italienische Wurzeln hatte, und weigerte sich dementsprechend, sie anders zu nennen. Besonders »Anita« fand ihren Namen komplett bescheuert, aber sie liebte Toni und deshalb reagierte sie auch darauf.

»Ich nehme eine Eisschokolade. Und du, Theo?«

»Ich hätte gern eine Kugel dunkle Schokolade und einmal Stracciatella, natürlich auch mit Sahne. Also, wenn Sahne zu Stracciatella okay ist, Toni …« Er strahlte und Toni strahlte zurück. Mit leckerem Essen konnte man beide sehr glücklich machen.

»Sì sì, naturalmente iste das okay! Das iste perfetto, um genau zu sein!« Schwungvoll steckte er eine Extra-Waffel in die Sahne.

»Und Charlie nimmt Spaghetti-Eis, wie ich sie kenne. Oder, Charlie?«, fragte Theo und leckte genüsslich den ersten Löffel ab.

Charlie war gerade dabei, Anna zu umarmen, die aus ihrer Küche gekommen war, und hielt erstaunt in der Bewegung inne.

Theo hatte sich sicher gar nichts dabei gedacht, aber das war es, was Anouk vorhin gemeint hatte. Jetzt kam es Charlie selbst ziemlich seltsam vor, dass Theo genau wusste, was sie gerade bestellen wollte – denn Charlie nahm nicht etwa immer Spaghetti-Eis. Um genau zu sein, sogar eher selten. Meistens war es ihr zu viel und auch zu teuer und ihr reichte eine Kugel Vanille oder Schoko. Aber manchmal und zu besonderen Anlässen musste es eben Spaghetti-Eis sein.

Für Theo war es das Normalste der Welt und sicher hatte auch sie schon tausend Mal Eis für ihn bestellt, ohne überhaupt zu fragen, was er wollte. Aber irgendwas war daran nicht normal. Sonst würde Anouk sie auch nicht so wissend ansehen und dabei grinsend nicken.

Charlie schob die Grübeleien beiseite. Es war auf jeden Fall ein schönes Gefühl, dass Theo und sie sich so gut kannten. Basta. Und trotzdem und aus Prinzip: »Nein, heute nicht. Heute …« Sie tat so, als müsse sie überlegen. »… Heute nehme ich einen Krokantbecher.«

Theos Gesichtsausdruck hätte nicht verblüffter sein können. Er starrte sie mit offenem Mund an. Dazu der Dreck über den Augen … Charlie konnte nicht anders, sie musste einfach lachen. Sie hasste Krokant, und Theo wusste es.

Glücklicherweise wusste das auch Toni. »Das habe ich überhört, junge Dame. Du bekommste Spaghetti-Eis. Sonste sind keine richtigen Ferien. Und noch ein Wort zu dir, Giovanni: Du haste mich schwer enttäuscht. Minze und Sahne … also ehrlich.« Er schnalzte mit der Zunge. »Ich weiße nicht, ob du überhaupt noch ein einziges Mal ein Eis von die beste Bertazzoni verdienst. Den anderen bringe ich ihre Eisbecher soforte!« Brummelnd ließ er die vier stehen und ging wieder in die Küche, wo er sich sicher noch einmal bei Anna über »Giovanni« beschweren würde.

Das Herzstück der Eisdiele war vielleicht die Küche, aber die schönsten Plätze gab es natürlich draußen in den Liegestühlen auf der Wiese oder an den Bistrotischchen auf dem großen Holzdeck, das direkt anschloss und bis ans Wasser reichte. Unter der großen Linde war noch was frei. Die vier rückten ihre Liegestühle an einen niedrigen Holzklotz, der ihnen als Abstellmöglichkeit für ihr Eis dienen würde, und ließen sich wohlig seufzend nieder. Ferien. Ganze sechs Wochen lang. Wundervoll. Für einen Augenblick schloss Charlie die Augen. Als sie sie wieder öffnete, war sie ausnahmsweise doch sehr froh, dass sie hier und nicht in Nizza war. Denn wenn sie sich entscheiden müsste, mit wem sie den Beginn der Ferien feiern wollte, wollte sie lieber ohne Maxim hier sein, als ohne Anouk, Theo und Johann in Frankreich. Für diesen einen Moment war sie genau am richtigen Ort und ihre Sehnsucht nach Maxim war still.

Der See lag vor ihnen und um sie herum saßen unzählige Schüler, Mütter mit Kindern, Spaziergänger und ein paar Radfahrer, die anscheinend Eisessen für ebenso gefährlich hielten wie ihre Tour, weshalb sie vorsichtshalber ihre Helme aufgelassen hatten. Überall fröhliche Menschen, die wie sie diesen perfekten Tag genossen. In ein paar Minuten würde er sogar noch besser werden. Nämlich dann, wenn sich Charlie den ersten Löffel des kühlen Vanille-Eises mit frischer Himbeersoße und geraspelter weißer Schokolade auf der Zunge zergehen lassen würde. Sie hatte allen Grund, glücklich zu sein. Charlie ließ das Gespräch im Hintergrund laufen, als Soundtrack für ihre Gedanken. Keiner erwartete etwas von ihr und es wäre ein Leichtes gewesen, sich einfach treiben zu lassen. Doch eine Frage drängte sich immer wieder in die unbeschwerte Ferienstimmung: Warum hatte Maxim noch immer nicht auf ihre WhatsApp geantwortet, die sie ihm schon vor ein paar Tagen geschickt hatte? Dabei wollte sie doch nur wissen, ob er sich denn freuen würde, wenn sie wieder nach Nizza kam. Sie seufzte, was ihr wieder einen genervten Blick von

Anouk einbrachte, die sich aber sofort wieder ihrem Eisbecher zuwandte.

Bestimmt war Maxim schon total mit den Vorbereitungen für die neuen Schüler beschäftigt. Immerhin hatte er an der Sprachschule einen Ferienjob als Hausmeister, Küchenhilfe, Reiseführer, Surflehrer, Tanzpartner und Gärtner. Als Mädchen für alles eben. Oder, wie es korrekt auf Französisch heißen müsste, als *bonne à tout faire.* Und wenn sie wirklich diesen Sprachkurs zum Geburtstag bekam, wären sie wie letztes Jahr bis auf nachts eigentlich ununterbrochen zusammen. Das heißt, dieses Jahr war sie ja schon sechzehn. Vielleicht waren dann die Regeln für nächtliche Ausflüge auch nicht mehr ganz so streng.

Morgen würde Maxim sich sicher melden, das spürte Charlie einfach. Schließlich war morgen ihr sechzehnter Geburtstag und es gab nichts, was sie sich mehr wünschte als eine WhatsApp von ihm. Okay, und eine Sprachreise nach Nizza von ihren Eltern natürlich. Wenn ihr das vor einem Jahr jemand erzählt hätte …

3

JEDER TAG IST BESSER MIT FREUNDEN (CHARLIE BROWN)

»Charlotte?«

Charlie war sich nicht ganz sicher, ob sie die Stimme ihrer Mutter, die von unten ihren Namen rief, oder der unglaublich leckere Duft nach Kaffee, Pancakes und Speck geweckt hatte. Sie ließ ihre Augen geschlossen und kuschelte sich für einen kurzen Moment noch einmal in ihr Kissen. Geburtstag. Und Sommerferien. Und Geburtstag. Und … Charlie grinste. Die Sonne kitzelte ihr Gesicht. Sechzehn. Endlich. Es fühlte sich gut an. Alles. Sie rekelte sich. Es gab überhaupt keinen Grund, aufzustehen.

Am ersten Ferientag Geburtstag zu haben, hatte unendlich viele Vorteile. Man konnte ausschlafen, in Ruhe frühstücken und – weil schließlich Sommerferien waren und die Sonne es nicht gewagt hätte, ausgerechnet am ersten Ferientag nicht zu scheinen – den kompletten Tag am See verbringen, abends grillen und auf der kleinen Plattform liegen und in die Sterne schauen. Ging es besser? Wohl kaum.

Für einen Augenblick schob sich wieder Theos und ihr

Kuss vor ihr inneres Auge, aber dann klopfte es an ihrer Zimmertür. Und Theos Lippen auf ihren verpufften.

»Charlotte?« An Geburtstagen durfte man auf keinen Fall einfach so aufstehen, nur weil man gerufen wurde. Man musste so tun, als ob man schlief, bis man geweckt wurde. Alter Haferkamp'scher Familienbrauch, auch wenn sowohl ihre Eltern als auch Johann natürlich ganz genau wussten, dass sie längst wach war.

Charlie kniff die Augen noch ein wenig fester zusammen, als die Tür aufging und sowohl ihre Mutter als auch ihr Vater »Happy Birthday« sangen. Nur ihr Bruder sang nicht mit. Dass er da war, spürte Charlie allerdings sehr schnell, denn er warf sich mit seinem kompletten Körpergewicht und viel Schwung auf ihr Bett und hielt ihre Hände unter der Bettdecke fest, sodass Charlie sich nicht bewegen konnte. Dann drückte er ihr gefühlte dreihundert sehr feuchte Küsse ins Gesicht, bevor er begann, sie durchzukitzeln. Charlie kicherte und japste, aber er hörte nicht auf. »Alles Gute, Schwesterlein!« Ihre Eltern lachten.

»Geh weg, Joe!«, keuchte Charlie. »Papa, rette mich!« Sie bekam kaum noch Luft vor lauter Lachen.

Endlich ließ ihr Bruder von ihr ab, sodass sie sich aufsetzen konnte. Sie strich sich ihre rotblonden Haare aus dem erhitzten Gesicht und schnappte nach Luft. So gehörte sich das am Geburtstag. Das hieß, eine Sache fehlte noch. Charlie kniff die Augen zusammen und stürzte sich auf ihren Bruder. »Na warte!«, rief sie und versuchte, ihn ebenfalls zu kitzeln, was ihr gründlich misslang, denn Johann hielt einfach erneut ihre Arme fest. Das Einzige, was ihr noch übrig blieb, war, ihm einmal quer über das Gesicht zu lecken.

Vor Schreck ließ er sie los, nur um dann schnell aufzustehen und sich in Sicherheit zu bringen. »Igitt! Mama! Charlie hat mich abgeleckt!« Anklagend zeigte er auf seine Schwester.

»Ja, und er hat scheußlich geschmeckt!« Charlie fuhr sich mit dem Handrücken über die Zunge. Er musste sich gerade mit Rasierwasser oder irgendeiner stark parfümierten Gesichtscreme eingerieben haben, und ihre Zunge fühlte sich merkwürdig taub an.

»Das geschieht dir recht!« Johann lachte. »Das ist das frühmorgendliche und sehr exklusive Johann-Aroma, da sind manche ganz scharf drauf!«, verkündete er und grinste. Charlie schüttelte sich wieder. »Wer denn? Waschbären vielleicht?«

»Nein, Schwesterlein, junge Damen mit Geschmack!« Er nickte bekräftigend und schnupperte an seiner Achsel. »Hach, es gibt nichts Besseres als Johann à la nature!«

Charlie tat so, als ob sie würgen müsste und warf ihr Kopfkissen nach ihm. »Johann à la nature? Klassischer Fall von totaler Selbstüberschätzung, Bruderherz. Wenn hier was gut riecht, dann sind das maximal die Pancakes und der Speck. Lecker! Und warum gibt's die? Weil ich Geburtstag habe. Und was muss man an Geburtstagen? Nett zu seiner Schwester sein! Und überhaupt: Wer zuerst unten ist!« Sofort rannte Johann los, um nur ja nicht als Zweiter im Esszimmer anzukommen, aber Charlie war überhaupt nicht auf ein Wettrennen aus gewesen. Sie schmiegte sich in die

Umarmung ihres Vaters, der ihr einen Kuss auf den Scheitel drückte. »Alles Gute, meine Süße! Mögen all deine Wünsche in Erfüllung gehen!«, sagte er und legte dann den Arm um Charlies Mutter, die sich ebenfalls an ihn geschmiegt hatte. »Herzlichen Glückwunsch, Charlotte, meine Große!« Lächelnd legte sie eine Hand an Charlies Wange. »Meine Güte, schon sechzehn, dabei bist du doch erst gestern geboren.« Sie schüttelte den Kopf. Charlie spürte den Stolz und die Liebe ihrer Eltern und hätte durchaus noch ein paar Minuten so stehen bleiben können, wenn nicht Jakob von unten hochgerufen hätte, dass er alle Pfannkuchen allein aufessen würde, wenn sie jetzt nicht bald kämen. Da gab es auch für Charlie kein Halten mehr. Schnell eilte sie nach unten in die große Wohnküche und sie stoppte erst vor dem liebevoll gedeckten Geburtstagstisch. Ihre Mutter hatte sich wieder einmal unglaublich viel Mühe gegeben. Wie schön der Tisch aussah! An den beiden Esstischlampen hing eine Girlande in Hellblau, Weiß und Rosa und vor ihrem Teller stand nicht nur ihre wunderschön verzierte Taufkerze, die jedes Jahr ein Stückchen weiter abbrannte, sondern auch die alte weiße Keramiktortenplatte ihrer Großmutter mit dem verschnörkelten Fuß und darauf ein mit Puderzucker bestäubter Marmorkuchen in einem Bett aus Himbeeren. *Der* Marmorkuchen. Es gab keinen besseren und auch keine Alternative. An ihrem Geburtstag musste es einfach *dieser* Kuchen sein! Egal, wer ihn backte, er schmeckte nie so wie der ihrer Mutter. Heute brannten sechzehn hellblaue Kerzen darauf. Die zur Tortenplatte passenden Frühstücksteller standen auf hellblauen Tischsets und das Silberbesteck lag auf den weißen Leinenservietten, die nur zu ganz besonderen Anlässen aus der Schublade geholt wurden. Ihre Mutter hatte zwei Weckgläser mit Margeriten gefüllt. Im Hintergrund lief Stevie Wonders »Happy Birthday«, und sobald auch Charlies Mutter und ihr Vater die Küche betreten hatten, begannen die beiden zu tanzen. Sogar Johann machte irgendwelche merkwürdigen Schlenkerbewegungen mit seinen Armen, obwohl es definitiv nicht seinem Coolheitsgrad entsprach, sich zu Musik zu bewegen, die ihre Eltern gut fanden. Ja, es war albern und kindisch, und Charlie war froh, dass keiner von ihren Freunden sie sah. Aber es war trotzdem ihr persönliches Geburtstagsritual, seitdem sie denken konnte. Nur Theo hatte diesem Spektakel schon mehr als einmal beigewohnt, denn schließlich fiel ihr Geburtstag nicht immer auf den ersten Ferientag, aber dennoch ließen es sich ihre Eltern nie nehmen, ihn gebührend zu feiern, auch wenn Schule war und ein gewisser Theo Sonntag im Flur stand, um seine beste Freundin abzuholen.

»Danke, Mama.« Charlie schmiegte sich in die Umarmung ihrer Mutter. »Mein Tisch sieht wieder so schön aus!«

»Ja, stimmt. Aber wer will schon in Schönheit sterben – und wenn wir hier noch eine Weile stehen müssen, ohne was zu essen, dann falle ich um!« Johann seufzte theatralisch und hielt sich mit beiden Händen den Bauch.

»Also echt, Johann, du wirst schon nicht verhungern.« Charlies Vater knuffte Johann in die Seite. »Immerhin wird man nur einmal sechzehn.«

»Reicht ja auch«, grummelte Johann, aber er wartete

dann doch geduldig, bis auch Charlie sich an ihrem Platz niedergelassen hatte, nicht ohne dabei zu den Geschenken zu schielen, die am langen Ende des Tisches aufgebaut waren. Zwei große Geschenke, zwei kleine. Und ein Umschlag, der an ihrer Taufkerze lehnte.

Bitte, liebe Geburtstagsfee, lass das meine Anmeldung zum Französischcamp sein, das Zug- oder Flugticket und somit die Gewissheit, dass ich Maxim wiedersehen kann …

Vorsichtig strich sie mit dem Finger darüber. Dieser Umschlag enthielt hoffentlich alles, was sie für ihr Sommerglück brauchte.

»Möchtest du das zuerst aufmachen?« Ihre Mutter hatte sie beobachtet, während sie Charlie zwei heiße Pancakes und gebratenen Speck auf ihren Teller häufte.

»Nein, ich … ich esse erst mal was«, antwortete Charlie. Sie war zwar sehr neugierig, aber gleichzeitig wollte sie die Vorfreude noch ein bisschen auskosten. *Sommer in Nizza. Maxim. Das Leben ist schön!* Sie seufzte und pikte genüsslich ein Stück Pfannkuchen auf ihre Gabel. Außerdem hätte Johann sie vermutlich selbst gefrühstückt, wenn sie seine Nahrungsaufnahme auch nur noch um eine winzige Minute verzögerte.

Nach ein paar Bissen hielt sie es dann doch nicht länger aus. Sie drehte den Umschlag in ihren Händen, während Johann sich immer weiter Rührei auf seinen Teller und in seinen Mund schaufelte. Es war ein ähnliches Phänomen wie bei Theo. Sobald einer von ihnen etwas zu essen sah, wurde es postwendend verschlungen. Beide waren groß, schlank und supersportlich. Sie spielten in derselben

Mannschaft Basketball. Kein Wunder, dass sie sich so gut verstanden. Es hatte eine Zeit gegeben, da war Charlie deshalb regelrecht eifersüchtig auf ihren Bruder gewesen. Um genau zu sein bis letzten Sommer. Bis Maxim in ihrem Leben aufgetaucht war. Oder vielmehr sie in seinem.

»Jetzt mach schon auf, Charlie!« Johann hatte aufgehört zu essen und beobachtete sie grinsend. »Du tust ja fast so, als wäre da eine Riesenüberraschung drin!«

Das war doch auch so, oder? Immerhin hatte keiner ein Sterbenswörtchen rausgelassen, wahrscheinlich um ihre Vorfreude nicht zu ruinieren. Das war ihren Eltern wirklich sehr gut gelungen. Jetzt beobachteten sie gebannt, wie Charlie mit ihrem beinahe sauberen Frühstücksmesser die zugeklebte Lasche entlangfuhr. In Charlies Bauch kribbelte es, als hätte jemand tausend Schmetterlinge darin freigelassen. Gleich würde sie ihren Eltern vor Glück um den Hals fallen. Gleich würde sie Maxim endgültig Bescheid geben. Er hatte ihr zwar immer noch nicht geschrieben, aber vielleicht schlief er ja auch noch. Immerhin war die große Anreise der Sprachschüler erst morgen. Und womöglich war sie ja auch dabei. Wobei, das wäre dann doch ein bisschen schnell. Wahrscheinlich würde sie erst nächste Woche … Egal, was in den anderen Päckchen war, das hier war das wichtigste. Die Lasche war offen. Vorsichtig zog sie den handgeschriebenen Brief aus dem Umschlag. Schon süß, dass ihre Eltern ihr extra einen Brief geschrieben hatten, wo sie ihr doch einfach die Anmeldung in den Umschlag hätten stecken können. Hauptsache, sie konnte fahren.

Moment. Plötzlich wurde ihr eiskalt, als ihr Hirn begriff, was ihre Augen längst gesehen hatten.

Liebe Charlotte, stand da in der gestochen scharfen Handschrift ihrer Mutter.

Liebe Charlotte,

jetzt bist du schon sechzehn Jahre alt! Unfassbar, wie schnell die Zeit vergangen und aus unserem süßen kleinen Mädchen eine junge Frau geworden ist. Wir sind sehr stolz auf dich und auf alles, was du vor allem auch im letzten Schuljahr erreicht hast! Damit du dir deinen großen Traum erfüllen kannst, legen Oma, Onkel Frieder und wir hiermit den Grundstein für deinen Führerschein. Auf deinem Sparbuch befinden sich jetzt 500 Euro mehr. Damit kann man schon ganz schön viel anfangen, nicht wahr?

Herzlichen Glückwunsch, Süße, wir lieben dich!
Mama und Papa

PS: Dafür, dass du deine Französischnote so verbessert hast, haben wir noch mal fünfzig Euro draufgelegt, immerhin müssen wir ja auch keine teure Sprachschule finanzieren ☺ Das hast du wirklich super gemacht!

Charlie ließ den Brief sinken. Das konnte nicht sein! Das *durfte* nicht wahr sein! Den Führerschein zu machen, war überhaupt nicht ihr Traum. Ganz im Gegenteil. Sie wollte ihn nicht. Sie brauchte ihn nicht. Sie hatte nur einen einzigen Wunsch gehabt: ihren Sommer in Nizza zu verbringen. Hätte sie das deutlicher sagen sollen? Irgendwie hatte sie gedacht, dass ihre Eltern das wussten. Immerhin hatte sie ihrer Mutter unendlich oft gesagt, wie gut es ihr gefallen und wie viel es ihr gebracht hatte. Sie war einfach davon ausgegangen, dass die beiden gar nicht anders konnten, als ihr diesen Kurs noch einmal zu schenken.

Vielleicht hätte sie mehr von ihrem Unterricht und weniger von Maxim erzählen sollen? Es war zu spät.

Ihre Eltern strahlten sie begeistert an, als würden sie nicht bemerken, dass gerade ihr komplettes Leben implodierte.

»Siehst du? Wie ich dir gesagt habe, Schwesterchen – keine Überraschung, was? Oooh, oder hast du mit mehr Kohle gerechnet?« Johann grinste. Sie starrte ihren Bruder an und nahm mehr durch einen Nebel wahr, wie er feixend seine Gabel zu ihrem Teller wandern ließ, um ihren Pancake auch noch aufzupiken und auf seinen Teller zu schieben. »Nicht traurig sein, Charlie, Weihnachten kommt ja auch noch!« Nicht einmal er hatte es begriffen, dabei hatte sie ihm gefühlte tausend Mal von ihrem Wunsch erzählt. Laut schmatzend schob er sich ein Stück Pfannkuchen in den Mund.

Charlie war der Appetit komplett vergangen. Sie sah in die erwartungsvollen Gesichter ihrer Eltern und wünschte, sie könnte sich so sehr über das großzügige Geschenk freuen, wie die beiden es sicher erwartet und auch verdient hätten. Stattdessen fühlte sie, wie ihr heiße Tränen in die Augen schossen. Sie räusperte sich und tat so, als hätte sie sich verschluckt, damit sie sich mit ihrer Serviette übers Gesicht wischen konnte. Sie war undankbar. Und furchtbar enttäuscht.

»Alles in Ordnung, Schätzchen?« Ihre Mutter hatte offensichtlich bemerkt, dass irgendwas nicht stimmte. »Brauchst du ein Glas Wasser?«

»Ja … ich … nein … alles gut«, krächzte Charlie und nahm schnell einen Schluck Kakao. Er schmeckte, als hätte jemand Erde in ihren Becher gefüllt. Warum nur? Warum?

Die Sonne, die von draußen ins Esszimmer schien, malte helle Kringel auf ihren Teller. In diesem Moment hasste sie sie, ganz besonders weil es sich dank ihr wie ein schöner Tag anfühlen könnte, der perfekt schien und plötzlich zu so … einer schrecklichen Enttäuschung geworden war. Die Sonne log eindeutig und Charlie war stinkwütend auf sie. Auf sich selbst nicht weniger. Auf ihre Eltern, das Leben und überhaupt auf die blöde Drei in Französisch, die ihr fünfzig Euro extra eingebracht hatte und einen Sommer ohne Maxim.

Es war grausam, dass ausgerechnet heute ihr Traum zerplatzte.

Happy birthday to me, dachte Charlie traurig und senkte ihren Kopf auf den Teller. Es war ihr unmöglich, so fröhlich auszusehen, wie ihre Eltern es von ihr erwarteten. Und immer noch keine Nachricht von Maxim. Er hatte nicht geschrieben. Nicht ein Wort.

Wenn es nicht just in diesem Moment an der Tür geklingelt hätte, wäre Charlie vermutlich endgültig in Tränen ausgebrochen. Aber wie gut, dass Theo mal wieder das absolute Gespür für Timing hatte. Und dass es Theo war, der dort draußen stand, daran gab es keinen Zweifel.

»Hey, Theo! Komm rein!« Sie hatte versucht, wenigstens für ihn fröhlich zu klingen, aber schon während sie die Tür öffnete, wusste sie, dass sie ihn nicht täuschen konnte. Schnell war sie ihm um den Hals gefallen, aber das Lächeln, das sie ihm geschenkt hatte, hatte ihre Augen ganz sicher nicht erreicht.

»Alles okay mit dir, Geburtstags-Charlie?«, fragte er auch prompt und sah sie prüfend an. »Oder hat vielleicht wieder keiner gesungen?«

»Doch, alle! Das war ja das Problem!« Das Lächeln fühlte sich nun zum Glück schon ein wenig echter an.

Sie zog Theo hinter sich her in die Küche, drückte ihn auf einen Stuhl, stellte einen Teller mit Pancakes, Rührei und Speck vor ihn hin, dem er unmöglich widerstehen konnte. Sie wusste, dass ihm vermutlich schon beim Gedanken an das Haferkamp'sche Geburtstagsfrühstück heute Morgen das Wasser im Mund zusammengelaufen war, und es ihn einige Überwindung gekostet hatte, so lange zu warten, bis selbst er fand, er hätte ihnen genug Familienzeit gelassen.

Während er aß, packte Charlie ihre Geschenke aus: ein weiches Strandtuch mit einem überdimensionalen Snoopy samt Woodstock vor einem Regenbogen darauf und einen kleinen pinkfarbenen Kugelgrill. Ihre Eltern hatten sich echt Gedanken gemacht und zwei Dinge ausgesucht, die sie ganz sicher heute noch gut brauchen konnte.

»Danke«, sagte sie einfach nur und vergrub ihr Gesicht in dem weichen Handtuch. Es war so unglaublich flauschig, dass sie für einen kurzen Moment überlegte, ob sie es nicht lieber mit in ihr Bett nehmen sollte.

Theo beobachtete sie lächelnd.

»Was? Was ist?« Charlie mochte dieses geheimnisvolle Theo-Gesicht. Es war voller Überraschungsverprechungen und sie sah ihm an, dass er sich etwas für Charlie ausgedacht hatte, das er kaum noch für sich behalten konnte.

»Nichts.« Er grinste.

»Ach, komm schon!« Charlie platzte fast vor Neugier. Theos Überraschungen waren die besten.

»Also gut. Ich sag's dir. Warte. Erst muss ich noch ...« Er kaute. »Essen.« Selig leckte er sich über die Lippen, während Charlie ungeduldig auf ihrem Stuhl hin und her rutschte.

»Oh Mann, Theo!«

Er schluckte. »Jetzt sag ich es dir.« Er sah sie ernst an. »Oder ...« Er zog die Augenbrauen nach oben, während Charlie die Luft anhielt. »... doch nicht. AUTSCH!« Lachend rieb er sich über die Stelle am Arm, auf die sie gerade geboxt hatte. »Wenn du so weitermachst, bekommst du gar nichts von mir!«

Sofort hörte sie mit dem Boxen auf und verlegte sich aufs Lächeln.

»Schon besser«, sagte Theo zufrieden. »Und außerdem: Ich freue mich jetzt schon mindestens so sehr auf dein Geschenk, als wäre es für mich. Obwohl: Wenn man es genau nimmt, ist es das auch.«

Nein, geheimnisvoller ging es wohl kaum. Das Einzige, was sie mit Sicherheit wusste, war, dass Theos Überraschung keine Reise nach Nizza beinhaltete. Aber was auch immer er vorbereitet hatte, die Vorfreude und das aufgeregte Kribbeln in ihrem Bauch ließen Frankreich zumindest für einen Moment im Hintergrund verschwinden. Und das fühlte sich erstaunlich gut an.

4

FÜR DIE WELT BIST DU NUR EIN MENSCH. ABER FÜR EINEN MENSCHEN BIST DU DIE WELT. (SNOOPY)

Charlie kam sich schrecklich undankbar vor, weil sie sich einfach über keines ihrer Geschenke freuen konnte, obwohl jedes einzelne mit Liebe ausgesucht war. Auch das Geld war natürlich der Hammer. Aber … es war eben Geld und kein Ticket zu Maxim.

Dank ihres gefräßigen Bruders war nicht weiter aufgefallen, dass sie kaum etwas gegessen hatte, und ihre Eltern hatten sich irgendwann verabschiedet, weil ihre Mutter als stellvertretende Rektorin der Grundschule noch einiges aufzuarbeiten hatte und ihr Vater ins Büro musste. Sie hatte Johann und Theo beim Essen zugesehen und das Thema auf Basketball gelenkt, sodass die beiden fachsimpeln konnten, ohne dass Charlies Input gefragt war. Charlie hatte ihren Gedanken freien Lauf gelassen und sich immer wieder gefragt, warum ihre Eltern ihr diesen einen Wunsch nicht erfüllt hatten. Ob sie es vielleicht nicht deutlich genug gesagt hatte?

Irgendwann hatte sie sich in ihr Zimmer zurückgezogen, um wenigstens für einen kurzen Moment allein zu sein und ihre Gedanken zu sortieren und – wenn sie ehrlich war – noch einmal nachzusehen, ob Maxim geschrieben hatte. Hatte er nicht. Ihr Herz wurde schwer, als sie sich zum hundertsten Mal in den letzten Tagen ausmalte, warum er so plötzlich den Kontakt abgebrochen hatte. Hatte sie etwas gesagt, was ihn verärgert hatte? Sie entriegelte ihr Handy und scrollte zu seinen Nachrichten. Seine letzte kannte sie nun schon beinahe auswendig:

> Ma Chérie, wie geht es dir? Mir geht es gut. Wir haben sehr viel Spaß, aber tu me manques! Ich vermisse dich! XXX, Maxim

hatte er geschrieben und ihr ein Foto von sich selbst geschickt, braun gebrannt und mit einem Surfbrett unter dem Arm. Der Wind hatte ihm die Haare ins Gesicht geweht und er lachte dieses ganz besondere Lachen, das Charlie so an ihm mochte. Wenn er sie letzten Sommer so angesehen hatte wie auf diesem Foto, dann hatte sie sich immer gefühlt, als würde ihr ganzer Körper in Brause baden. Wer auch immer dieses Bild aufgenommen hatte, hatte jedenfalls den perfekten Moment und einen sehr glücklichen Maxim erwischt. Hinter ihm glitzerte das Meer und je länger Charlie das Bild ansah, umso mehr hatte sie das Gefühl, es auch rauschen zu hören.

Maxims Fotos schürten immer eine unglaubliche Sehnsucht in ihr. Wenn sie sie ansah, wäre sie jedes Mal am liebsten sofort in den nächsten Flieger gestiegen.

Komischerweise passierte das nicht bei seinen Nachrichten. Sie scrollte zu ihrer nächsten Konversation, die er zwei Tage zuvor geschickt hatte.

Hey, Surfergirl, wie geht es dir?
Ich sitze hier am Strand und
denke an dich. XXX, Maxim

Charlie hatte sich sehr über das schöne Bild gefreut und darüber, dass er sie nach wie vor bei ihrem Kosenamen nannte, den er letztes Jahr immer für sie benutzt hatte: *Surfergirl.* Er fand ihre rotblonden Haare cool, die ihr beinahe bis zur Hüfte reichten, dass sie immer gut drauf war und sich auch was traute. Surfen zum Beispiel. Oder sich nachts aus ihrer Unterkunft schleichen. Sie lächelte bei der Erinnerung an die vielen Abende am Strand unter den Sternen, Charlie in Maxims Armen, mit großen Träumen für das kommende Jahr.

Seine Nachricht war genau in dem Moment gekommen, als sie erfahren hatte, was sie für eine Französischnote bekommen würde. Dementsprechend war ihre Antwort viel länger ausgefallen.

Hey, Maxim, mir geht's super! Stell dir vor,
ich bekomme eine Drei in Franz! Dank Dir!
Dank Nizza! Ich freue mich so sehr – und auch
darauf, dich bald wiederzusehen! XX, Charlie

Auf ihre Antwort hatte er bis auf ein großes rotes Herz, das er ihr daraufhin zurückgeschickt hatte, gar nicht reagiert. Erst jetzt fiel ihr auf, dass dies seit ein paar Monaten meistens seine einzige Antwort auf ihre WhatsApps war. Am Anfang hatten sie noch sehr oft gefacetimed und sich dabei noch viel öfter verpasst. Es war kein Wunder, schließlich hatte Maxim nach dem Sommer angefangen, Architektur zu studieren, und dementsprechend immer weniger Zeit gehabt. Schließlich waren sie irgendwann zu WhatsApp übergegangen. Ja klar, auch hier waren die Texte immer belangloser geworden, aber das war auch normal, oder? Schließlich waren beide mit ihrem jeweiligen Leben beschäftigt. Maxim kannte ihre Freunde nicht, und sie wusste nichts über sein Leben jenseits des Sommers. Selbst als sie ihn ein paarmal etwas gefragt oder ihn sogar nach Deutschland eingeladen hatte, hatte er ihr nur ein Herz geschickt, manchmal auch zwei, ein Smiley mit Herzchenaugen oder ein Doppelherz. Es war ihr bisher nicht aufgefallen und Charlie hatte nie wirklich darüber nachgedacht, denn meist hatte er einmal am Tag irgendeine kurze liebevolle Nachricht mit einem Bild von sich geschickt, und sie hatte ihre Frage wieder vergessen. Manchmal waren auch zwei Tage draus geworden, aber nie mehr. Vier, vielmehr schon fünf Tage so wie jetzt, waren es allerdings noch nie gewesen.

Irgendwie fand sie das alles auf einmal ziemlich merkwürdig.

Bevor Charlie weiter darüber nachgrübeln konnte, klingelte es Sturm. Das konnte nur Anouk sein. Seufzend steckte Charlie ihr Handy in die Gesäßtasche ihrer Shorts und ging die Treppe hinunter, um ihre Freundin zu begrüßen. Nachdem sie zusammen Charlies Geschenke bewundert hatten, und sich Theo und Johann endlich vom Frühstückstisch lösen konnten, packten sie schnell den Grill und das Handtuch in Charlies Fahrradkorb und fuhren an den See. Auf dem Weg dorthin bemühte sich Charlie, den Kummer darüber hinter sich zu lassen, dass sie nicht nach Frankreich fahren würde, und sich auf den Tag zu freuen. Immerhin brachte es sie auch nicht nach Nizza, wenn sie sich selbst nun auch noch ihren Geburtstag ruinierte, dachte sie und versuchte ein zaghaftes Lächeln. Sie hatte irgendwo gelesen, dass man sogar gute Laune bekam, wenn man nur so tat, als sei man glücklich. Es hatte irgendwas mit Hormonen zu tun, aber so genau wusste sie das nicht mehr. Egal, sie fühlte sich jedenfalls tatsächlich schon viel besser und das war schließlich die Hauptsache.

Jetzt lag Charlie mit geschlossenen Augen auf ihrem neuen Handtuch, die Hände auf den sonnengewärmten Planken der Holz-Plattform, auf der später noch nicht einmal mehr Platz für ein winziges Stückchen Stoff sein würde, wenn alle anderen Schüler auch aufgewacht waren und ihren Stammplatz einnahmen.

Sie hörte das Wasser und das Lachen der frühen Badegäste und versuchte, sich einzubilden, dass das, was sie da hörte, nicht der See war, sondern Carras, der Strandabschnitt, an dem sie im letzten Jahr so viel Zeit verbracht hatte.

Wobei, wenn sie wirklich dort wäre, würde sie jetzt nicht auf warmen Planken, sondern auf pikenden Kieselsteinen liegen. Sie lächelte bei dem Gedanken daran, was sie und Maxim immer alles an den Strand geschleppt hatten, um es ein wenig bequemer zu haben. Dass sie nicht auch noch die

Matratzen aus den Betten des Wohnheims in ihre Taschen gepackt hatten, war ein kleines Wunder.

Die Geräusche vermischten sich immer mehr und trugen Charlie immer weiter weg vom Badesee in Richtung Nizza und zu Maxim. Sie stellte sich vor, wie er extra für ihren Geburtstag ein Plätzchen für sie hergerichtet hatte, mit ein paar Teelichtern und Kissen und sie sich stundenlang in die Augen sahen, sich küssten und … einfach den romantischsten Geburtstag miteinander verbrachten, den man sich nur ausdenken konnte. *Ach, Maxim …* Charlie döste lächelnd ein und fuhr erschrocken auf, als jemand plötzlich laut nach ihr rief.

»Hey, Geburtstagskind!« Die Stimme aus dem Wasser wurde von einer Kaskade aus Wassertropfen begleitet, die ihren Träumereien ein jähes Ende bereitete. »Willst du nicht auch ins Wasser kommen?«

Charlie rollte sich auf die Seite. Sie schaute nach unten und ihr noch leicht benebeltes Hirn erwartete beinahe, Maxim vor sich zu sehen, aber es war Theo, der über das ganze Gesicht strahlte. Sie blinzelte und Maxims Gesicht verschwand. Theos Zähne mit der abgebrochenen Schneidezahnecke, die er Charlie und seinem Versuch, ihr Minigolfspielen beizubringen, zu verdanken hatte, blitzten mit seinen braunen Augen um die Wette, und seine Haare standen in nassen Zipfeln vom Kopf ab. Dieses Gesicht mit den Millionen Sommersprossen war ihr beinahe so vertraut wie ihr eigenes.

»Was? Was ist?«, rief er und spritzte wieder eine Wasserfontäne zu ihr nach oben.

»Nichts!«, antwortete sie noch ein wenig benommen. Sie

verscheuchte die letzten Gedanken an Nizza und setzte sich auf. »Ich muss nur erst noch überlegen, ob ich wirklich mit dir ins Wasser will!« Sie wich kichernd einer neuen Wasserfontäne aus. »Hey! Ich hab Geburtstag, schon vergessen?«

»Nein, ich nicht, aber du vielleicht!«, gab er grinsend zurück. »Sonst würdest du bestimmt nicht die ganze Zeit pennen!« Während sie sich umständlich reckte, um noch ein wenig Zeit zu schinden, bevor sie in den See springen würde, der um diese Uhrzeit noch nicht so warm war, wie Charlie es gern mochte, ließ sie ihren Freund nicht aus den Augen. Er war imstande, sich in einer einzigen Bewegung auf den Steg zu schwingen und sie ins Wasser zu schubsen. Außerdem genoss sie es, ihn einfach nur anzusehen. Es stimmte: Nicht nur sein Gesicht war ihr vertraut, sondern der ganze Kerl. Dabei hatte er sich im letzten Jahr ganz schön verändert.

Sein Kinn war kantiger geworden, seine Züge allgemein männlicher, und außerdem war er so in die Höhe geschossen, dass sein Körper jeden Babyspeck verloren und dafür Muskeln zum Vorschein gebracht hatte, die dank des Fahrradfahrens und des Basketballtrainings seinen Oberkörper deutlich definierten.

Ob er sich bewusst war, wie gut er aussah? Theo war ganz bestimmt nicht eitel, aber … Charlie nahm sich vor, zu beobachten, ob ihm die Blicke der anderen Mädchen auffielen, die ihm folgten, sobald er sich mit nacktem Oberkörper sehen ließ.

Theo fuhr sich einmal mit der Hand durch die nassen Haare. »Was gibt's denn da zu überlegen, Charlie Brown?

Kommst du oder muss ich dich persönlich abholen?« Er legte grinsend seine Hände auf die Kante der Plattform und machte Anstalten, sich nach oben zu ziehen.

Charlie starrte auf seinen Bizeps und die Brustmuskeln, nur um sofort über sich selbst den Kopf zu schütteln. Ging es eigentlich noch? Zuerst träumte sie von ihrem Freund in Frankreich und dann starrte sie ihren besten Freund an, als wäre er ihre persönliche Geburtstagstorte?

Schnell stand sie auf. »Wenn du mich so fragst, komme ich lieber selbst!« Sie streckte sich kurz, bevor sie einen Kopfsprung so knapp neben ihm machte, dass er garantiert Wasser schlucken musste, und tauchte ein paar Meter, um ihre Gefühle zu sortieren. Es funktionierte. Als sie auftauchte, war Theo zum Glück wieder zu ihrem besten Freund geworden und seine Muskeln und sein Aussehen waren egal. Wichtig war nur, wer schneller schwimmen konnte.

»Was ist los, du lahme Ente, hast du verlernt, wie man schwimmt?« Charlie grinste und drehte sich wieder um, um in Richtung Toni zu kraulen. Auch wenn weder Maxim ihr bisher geschrieben noch sie die Reise zu ihm geschenkt bekommen hatte, so hatte sie trotzdem Geburtstag. Die Sonne schien, ihre Freunde hatten irgendetwas von einer geheimnisvollen Geburtstagsüberraschung geraunt, und sie war im Begriff, ein Wettschwimmen gegen Theo zu gewinnen. Was wäre der Sommer – das ganze Leben – nur ohne ihn, Anouk und Johann? Auch wenn sich Charlie unendlich nach einer Umarmung und einem Kuss von Maxim sehnte und jedes einzelne ihrer Geschenke hergegeben hätte, um bei ihm sein zu können, so war es doch schön, seine Zeit mit Menschen zu verbringen, bei denen sie sich nicht vor jedem Satz überlegen musste, wie man das, was sie sagen wollte, am besten ausdrücken konnte. Französisch war einfach immer noch eine unglaublich schwierige Sprache, auch wenn Charlie so viel besser geworden war.

»Wollen wir eine Runde Stand-up-Paddeln?«, fragte Theo, als er sie eingeholt hatte. »Max hat gesagt, du hättest heute ein Brett frei.« Max war der Besitzer des kleinen Wassersportzentrums, bei dem man sich im Sommer neben den begehrten SUPs auch Schwimmringe, aufblasbare Einhörner und Wasserspielzeug für die Kleinen ausleihen konnte. Im Winter gab es bei ihm Schlittschuhe und Glühwein an einer Schneebar, die er gemeinsam mit Charlie und allen anderen baute. Außerdem war er Bademeister, Ersthelfer und großer Naturschützer, und nichts, was hier am See passierte, entging seinem Blick.

Sie kletterten hintereinander die Holzleiter zu seinem kleinen Steg hoch. Charlie strich sich das Wasser aus den Haaren, während sich Theo schüttelte wie ein nasser Hund.

»Klar, gern! Was ist mit den anderen?« Charlie schaute sich suchend um, aber sie konnte weder Anouk noch Johann irgendwo auf der Wiese entdecken. Auch auf dem Steg, wo sie selbst eben noch gelegen hatte, war niemand mehr. Nur ihr Snoopy-Handtuch konnte sie dort als buntes Viereck ausmachen. Komisch.

»Ach die …« Theo wich ein wenig verlegen ihrem Blick aus. »Die anderen, die sind … also die mussten …« Beinahe hätte Charlie gelacht. Theo war wirklich der schlechteste Lügner der Welt.

»… aufs Klo?«, bot sie grinsend an.

»Ganz genau! Aufs Klo!«, antwortete er erleichtert und schnappte sich das SUP-Board, das Max schon vorbereitet hatte. Kopfschüttelnd beobachtete sie ihren Freund, der versuchte, vor ihr zu verbergen, wie rot er geworden war.

»Du lügst!« Sie verschränkte grinsend die Arme vor der Brust.

»Was, ich? Ich würde nie …« Schuldbewusst drehte er sich zu ihr um. »Okay, okay. Sie sind nicht alle auf dem Klo.«

»Das weiß ich.«

»Oh Mann, Charlie! Jetzt schau mich doch nicht so an! Du weißt, dass ich das nicht kann!« Er fuhr sich mit den Händen gespielt verzweifelt durch die nassen Haare. Eine ganz typische Geste, die er immer dann machte, wenn er nicht mehr weiterwusste.

»Was kannst du nicht?« Das Gespräch begann, ihr Spaß zu machen. »Lügen vielleicht?«

»Das auch nicht.« Charlie wusste, wie sehr er Unwahrheiten hasste, und auch selbst lieber ehrlich Unerfreuliches hören wollte als weichgespülte Halbwahrheiten.

»Und was noch?«

»Charlie!«

»Na gut, na gut. Ich hör schon auf.« Sie stieß ihn mit ihrem Ellbogen an. »Geheimnisse sind auch nicht so deins, was?«

Er lächelte sie an und Charlie wurde ganz warm ums Herz. Einen ehrlicheren Menschen als Theo gab es bestimmt nirgends und sie war dankbar, dass ausgerechnet er ihr bester Freund war. »Nein. Noch nicht mal die schönen!«, antwortete er zerknirscht.

»Also, wenn es was Schönes ist, dann frag ich nicht weiter.«

»Besser so. Du bist wirklich schrecklich nervig, Charlie Brown. Auch wenn du heute Geburtstag hast, das muss ich dir schon mal sagen.« Er grinste. Das mit der Ehrlichkeit war eben ein zweischneidiges Schwert.

Theo ließ das Board zu Wasser. Er half ihr, sich darauf niederzulassen und kletterte dann zu Charlie aufs Brett.

»Wir nehmen nur eins?« Erstaunt rückte sie ein Stückchen weiter, damit Theo etwas mehr Platz hatte. »Ah, verstehe!«, ergänzte sie, als er nicht antwortete. »Du möchtest mich also ganz romantisch über den See schippern, ja?« Es war als Scherz gemeint und doch sah Charlie, wie Theo zusammenzuckte. Sie biss sich auf die Zunge. Verdammt. Auch wenn sie nicht darüber gesprochen hatten, wusste sie tief in ihrem Inneren, dass es nicht einfach für ihn gewesen war, als sie letztes Jahr bis über beide Ohren verliebt aus dem Sommercamp zurückgekommen war. Denn wenn sie wirklich ganz ehrlich war, hatte sich ihre Freundschaft nämlich doch schon vor dem Kuss verändert. Die Blicke zwischen ihnen waren länger geworden, die Berührungen, die es immer schon gegeben hatte, waren bedeutungsvoller, und ab und zu hatte es diese Momente gegeben, in denen sowohl Charlie als auch Theo merkwürdig schüchtern und verlegen gewesen waren, in denen ungesagt geblieben war, was sich vermutlich beide gefragt hatten: Waren sie nach wie vor »nur« Freunde oder war es irgendwann irgendwie mehr geworden?

Vor Frankreich hätte Charlie die Frage zwar auch nicht eindeutig beantworten können, aber sie hatte ihnen beiden die Chance geben wollen, es herauszufinden. Nach Frankreich. Aber zuerst kam der Kuss, die vielen gelöschten und nicht geschriebenen WhatsApps – und Maxim. Deshalb existierte die Frage nicht mehr. Zumindest nicht für Charlie. Theo hatte sich nach ihrer Rückkehr für ein paar Tage zurückgezogen. Dann war er wieder aufgetaucht und sie waren beinahe komplett zu der Freundschaft zurückgekehrt, die sie schon immer gehabt hatten. Und nur ganz selten war sie mutig genug, sich vorzustellen, wie es gewesen wäre, wenn nicht sie, sondern Theo letzten Sommer jemanden kennengelernt hätte.

Charlie ließ sich vorne auf dem Brett im Schneidersitz nieder, während sich Theo hinkniete. Gleichmäßig glitt das Paddel durchs Wasser und sie ließen den Steg schnell hinter sich. Der See war zwar nicht besonders groß, aber doch groß genug, um mittendrin Platz für eine kleine Insel zu haben, die man umrunden konnte. Besser noch, man hatte ein Brett dabei, mit dem man Handtücher und Essen transportieren konnte, denn dann konnte man dort sogar picknicken. Die Insel war beinahe kreisrund und hatte an der vom Freibad abgelegensten Stelle einen kleinen Sandstrand. Der perfekte Lande- und Badeplatz. In der Mitte stand ein ziemlich großer Baum. Eine Birke, zumindest behaupteten das die Bio-Profis Anouk und Johann. Ansonsten war die Insel von Büschen gesäumt, sodass man geschützt vor den Blicken der anderen Badegäste perfekt baden, chillen und

Karten spielen konnte. Dennoch waren sie eher selten dort, denn im Grunde war es überall am See nahezu perfekt, und dass Max seine Boards umsonst verlieh, war eher selten.

»Was machst du?«, fragte Charlie, als Theo zum Steg ruderte. »Wollen wir nicht um die Insel?«

»Ich hole dein Handtuch und deine Tasche«, antwortete er, angelte nach der Ecke des flauschigen bunten Tuches und reichte es Charlie, bevor er ihr auch die Tasche gab. »Man weiß nie, wozu man es noch braucht. Außerdem wäre es schade, wenn es nachher fehlt.« Er zwinkerte ihr zu. »Und ist in der Tasche nicht dein Handy?« Für einen Augenblick hatte sie es tatsächlich vergessen. Ihr Handy! Maxim! Es war wohl nicht der richtige Augenblick, um nachzusehen, aber sobald sie wieder festen Boden unter den Füßen hatte, würde sie das nachholen.

Charlie drückte das Handtuch an ihre Nase und schloss für einen kurzen Augenblick die Augen. Ihre Mutter musste es wohl vor dem Einpacken gewaschen haben, denn es roch nach einer Mischung aus Waschmittel und Sonne.

»Riecht gut?« Belustigt schüttelte Theo den Kopf, als sie nur genussvoll seufzte. In Charlies Augen war die Kombination aus sauberer Wäsche und Sonne der beste Geruch aller Zeiten. Wenn man mal von dem Duft von Maxims Haut in seiner Halsbeuge absah. Aber das war wohl das Letzte, was Theo hören wollte.

Charlie knüllte das Handtuch zusammen und legte es auf ihren Schoß, als Theo wieder Kurs auf die Seemitte nahm.

5

MANCHMAL WERDEN GANZ GEWÖHNLICHE DINGE AUßERGEWÖHNLICH, WENN MAN SIE NUR MIT DEN RICHTIGEN MENSCHEN MACHT.
(CHARLIE BROWN)

Sie sah es schon von Weitem: Johann und Anouk standen in Badeklamotten am Ufer, winkten und riefen etwas, was bei genauerem Hinhören wie eine nicht sehr synchrone Version von »Happy Birthday« klang.

Als sie näher kamen, bemerkte Charlie, dass in den Blättern der großen Birke bunte Girlanden hingen. Am Ufer steckten zwei Fackeln im Sand, die aber sicher erst später zum Einsatz kommen würden. Es war allerhöchstens vierzehn Uhr. Sie waren nur noch ein paar Meter vom Ufer entfernt.

»Aufs Klo, ja?« Charlie drehte sich zu Theo um und spritzte ihm eine Ladung Wasser ins Gesicht. Das Brett begann gefährlich zu wackeln.

»He, willst du uns so kurz vor dem Ziel noch ins Wasser werfen?« Er lachte und wackelte noch ein bisschen mehr. »Denk an dein kostbares Handy! Und natürlich an dein Handtuch! Überhaupt: Was kann ich dafür, dass die beiden nie das tun, was man ihnen sagt?« Er probierte einen unschuldigen Augenaufschlag, der ihm gründlich misslang.

Aber eines stimmte: Sowohl Anouk als auch Theo, Johann und sie selbst liebten Überraschungen und geheim ausgeheckte Pläne, um einem von ihnen etwas Gutes zu tun, zu beschenken oder auch, um jemand in schweren Momenten zu trösten. Wie damals, als Anouks Oma aus der Nähe von Hamburg gestorben war und alle drei trotz der Entfernung mit dem Zug einmal quer durch Deutschland gefahren waren, nur um bei der Beerdigung an Anouks Seite zu sein. Und wie jetzt. An einem Tag wie diesem konnte man nur glücklich sein.

Als Charlie ihre Freundin und ihren Bruder auf der kleinen Insel völlig verrückt herumhüpfen sah, fühlte sie eine unbändige Aufregung in sich aufsteigen.

Die Insel war auch so schon ein genialer Platz, keine Frage. Aber so geschmückt und vorbereitet war sie vor allem *ihr* genialer Platz. Kein Wunder hatte Theo solche Schwierigkeiten gehabt, das für sich zu behalten.

Im Schatten unter dem Baum hatten die drei nicht nur Charlies Grill aufgebaut, sondern sie entdeckte auch noch eine Kühltasche, die vermutlich mit Würstchen und Grillkäse gefüllt war. Auf der Bank selbst befand sich ein komplettes Buffet mit diversen Dosen und Boxen, die Charlie aus den Haushalten der anderen mehr als bekannt vorkamen. Schon allein beim Anblick lief Charlie das Wasser im Mund zusammen. Auf der großen bunten Picknickdecke hatten sie eine Tafel mit echten Tellern und Besteck hergerichtet. Dazwischen standen kleine und große Glasgefäße mit Teelichtern. Charlie musste lachen, als sie sogar den achtarmigen Kerzenleuchter entdeckte, der normalerweise bei Anouks Eltern auf dem Esstisch stand und nur zu ganz besonderen Anlässen angezündet werden durfte.

Im Hintergrund lief leise Loungemusik aus Johanns kostbarem Bluetooth-Lautsprecher, den er hütete wie seinen Augapfel, und allein die Tatsache, dass er ihn irgendwie übers Wasser transportiert haben musste, war beinahe wie ein eigenes Geburtstagsgeschenk. Wow. Das war einfach unglaublich!

»ÜBERRASCHUNG!«, grölten Anouk und Johann lachend, als das Brett den Sand berührte. Sie streckten Theo und Charlie die Hände hin, um sie vollends an Land zu ziehen, wo schon zwei SUPs lagen. Charlie konnte nicht fassen, was ihre Freunde da hinter ihrem Rücken auf die Beine gestellt hatten.

»Wie habt ihr denn das hingekriegt?« Sie nahm Anouk in den Arm und drückte sie fest. »Und vor allem: Wann?«

»Na, als du auf dem Steg gepennt hast.« Sie lachte. »Oder vielmehr, als du von einem gewissen Franzosen geträumt hast, n'est-ce pas?«, ergänzte sie so leise, dass es die anderen nicht hören konnten. Charlies Herz machte einen sachten Hüpfer bei der Erwähnung von Maxim. »Oh, apropos«, fuhr Anouk nach wie vor leise fort und musterte ihre Freundin aufmerksam. »Hat er dir schon gratuliert?«

Charlie schüttelte den Kopf und das Glücksgefühl bekam einen mächtigen Dämpfer. Charlie ertappte sich dabei, dass sie sich darüber ärgerte, dass Maxim mit seinem Nicht-Anrufen ihrer Überraschung das Funkeln nahm, dennoch zog sie schnell ihr Handy aus ihrer Strandtasche, um zu überprüfen, ob er nicht vielleicht doch in der Zwischenzeit geschrieben hatte. Fehlanzeige. Ihre Stimmung sank noch ein wenig weiter.

Anouk schien davon nichts zu merken. Sie klimperte mit den Wimpern und sprach einfach weiter: »Oder hat er dir gar einen richtigen Brief geschrieben? Nein, warte, noch besser …« Aufgeregt riss die die Augen auf, so weit sie konnte. »Monsieur Maxim Lefevre hat dir ein Geschenk geschickt! Ein Zugticket, nein, ein Flug…« Sie wedelte völlig übertrieben mit ihren Händen vor ihren Augen, hielt aber sofort inne, als sie Charlies betrübtes Gesicht sah. »Oh, entschuldige, hat er nicht?« Schnell schaute Charlie sich zu Theo um. Es reichte, wenn sie sich selbst Gedanken über Maxim machte. »Nein, hat er nicht.« Charlie seufzte. »Aber morgen ist eben auch Anreise, Nucki, da muss er sicher noch tausend Sachen vorbereiten«, entschuldigte sie ihn sofort, dabei hörte sie selbst, wie bescheuert es klang, kaum hatte sie es ausgesprochen. Es war ihr Geburtstag. So was vergaß man doch nicht, oder? Schnell plapperte sie weiter, auch um sich selbst damit überzeugen zu können. »Ich weiß ja, wie viel da los ist. Vielleicht hat er es vor lauter Aufregung einfach vergessen?« Sie hätte gerne ein bestätigendes Nicken oder irgendetwas Ähnliches in Anouks Gesicht gesehen, aber in ihren Augen spiegelte sich nur eine Mischung aus Bedauern und Mitgefühl.

»Na ja … also … wenn du *meine* Freundin wärst, Süße …« Anouk legte den Kopf schief und verzog abschätzig den Mund. »… dann würde ich vielleicht einen Teil meiner

Schützlinge am Bahnhof vergessen, aber niemals deinen Geburtstag.« Sie zuckte entschuldigend mit den Schultern. »Wer sich diesen Tag nicht merken kann, hat dich nicht verdient. Sorry, meine Meinung. Aber, Charlie … da drüben steht einer, der diesen Tag und dich niemals vergessen würde.« Bedeutungsvoll wies sie mit dem Kopf auf Theo, der sich auffallend tief und konzentriert über die Kühltruhe mit den Grillsachen beugte. Hatte er sie vielleicht doch gehört?

So oder so, Anouk hatte recht. Jemand, der es nicht schaffte, an ihrem Geburtstag wenigstens eine kurze WhatsApp zu schicken, war vermutlich nicht ganz so großartig, wie sie gedacht, gehofft und geglaubt hatte. Dass sie nun schon sehr viel Zeit damit vergeudet hatte, über ihn nachzugrübeln, war schon schlimm genug. Sie würde ihm noch nicht einmal in Gedanken auch nur noch ein Fitzelchen mehr vom Rest ihres wundervollen Tages schenken. In der Sekunde, in der sie das beschlossen hatte, drehte sich Theo zu ihr um, und für einen kurzen Moment trafen sich ihre Blicke. Er lächelte dieses ganz besondere Theo-Lächeln, das ihr gutes Gefühl von vorhin mit einem Wimpernschlag zurückbrachte. Es war nur ein sehr kurzer Moment, aber er hatte gereicht, um Maxim nach Frankreich zu verbannen, wo er zumindest heute auch hingehörte.

Theo hielt eine Packung mit Würstchen in die Höhe. »Also, ich weiß ja nicht, wie es euch geht, aber ich sterbe vor Hunger!«, sagte er fröhlich, und Charlies Magen fing sofort an zu grummeln. Es war ein Jammer, dass sie wegen Maxim auf ihr Geburtstagsfrühstück verzichtet hatte, aber noch lange kein Grund, auch das Mittagessen auszulassen.

Dieser Geburtstag war unglaublich. Das Wetter war perfekt, sowohl Max als auch Toni hatten mitgespielt und noch dazu ihre Eltern. Anouks Mutter hatte nicht nur den Kerzenleuchter für das Geburtstagspicknick gespendet, sondern auch ihren – den! – Nusszopf gebacken. Sie war ein Koch- und Backprofi und hatte diese Gabe an ihre Tochter weitergegeben. Dementsprechend befanden sich in den Dosen verschiedene Dips, klein geschnittenes Gemüse, selbst gemachter Nudelsalat, Tomaten-Mozzarella-Spieße und eine große Schüssel mit Teig für Stockbrot.

Johann hatte bereits den kleinen Kugelgrill angeworfen und die erste Ladung Würstchen brutzelte auf dem Rost. Als sie später zusammen auf der Decke saßen und all die Köstlichkeiten verspeisten, sangen sie noch einmal »Happy Birthday« für Charlie in allen Sprachen, die ihnen einfielen: Deutsch, Englisch, Italienisch, Spanisch und Französisch, und dann sang Theo noch alleine in einer Sprache, die er sich ausgedacht hatte. Auch das war eine Tradition. Charlie tat dasselbe an seinem Geburtstag. Wann und wie das entstanden war, wussten beide nicht mehr so genau, aber es hatte ziemlich sicher etwas damit zu tun, dass niemand derjenige sein wollte, dem keine Sprache mehr einfiel.

Sie blieben den ganzen Tag. Schwammen, spielten Karten, aßen und quatschten. Irgendwann paddelten Johann und Theo zu Toni und holten mit der Kühltruhe Eis für alle, wobei Toni es sich nicht nehmen ließ, für Charlie eine extragroße Portion Spaghetti-Eis zu spendieren.

Als es gegen neun langsam dämmerig wurde, zündeten sie die Teelichter in den Gläsern und die Fackeln an, die sie am Strand aufgestellt hatten. Und nachdem sie auch den letzten Krümel vom Nusszopf aufgegessen hatten, packten sie alles ein.

Irgendwann verband Theo Charlie die Augen und ließ sie ein paar Minuten so auf der Decke sitzen, bevor sie das Tuch abnehmen durfte. Langsam drehte sie sich um und schaute in die erwartungsvollen Gesichter ihrer Freunde und ihres Bruders. Sie konnte vor Überraschung nicht sprechen, und wer Charlie kannte, wusste, dass das extrem selten war.

»Nicht euer Ernst, oder?« Charlie strahlte, als die drei synchron nickten.

Sie hatten nicht nur das Picknick vorbereitet, sie hatten auch Isomatten, Kissen, Schlafsäcke und wer weiß was noch alles auf die Insel transportiert, damit sie hier übernachten konnten. »Aber klar«, sagte Theo und legte den Arm um sie. »Wir wissen doch, dass du schon immer davon geträumt hast, mal auf der Insel zu schlafen. Und wir haben uns gedacht, heute wäre der perfekte Tag. Klar musste Max ein bisschen überredet werden, vor allem wegen der Haubentaucher im Schilf, aber wenn du Geburtstag hast … wer kann da schon Nein sagen?« Theo lächelte.

»Also: Wie habt ihr das alles hingekriegt?«, fragte Charlie fassungslos und drehte sich immer wieder um die eigene Achse. »Ich kann das überhaupt nicht glauben!« Sie zog alle drei in eine feste Umarmung und drückte jedem von ihnen einen Kuss auf die Wange. »Danke«, flüsterte sie und spürte, wie sie beinahe vor Glück und Rührung geweint hätte.

Charlie hatte tatsächlich schon als kleines Mädchen von einer Übernachtung auf der kleinen Insel geträumt und sowohl im Winter beim Eislaufen als auch im Sommer ihre Eltern damit beinahe verrückt gemacht. Aber die waren stets der Meinung gewesen, dass es viel zu gefährlich für Charlie war, dort zu schlafen. Trotzdem hatte Theo ihr schon im Alter von fünf Jahren mit ernsthafter Miene verkündet, dass ihr Traum eines Tages wahr werden würde. Er hatte es ihr versprochen. Und Theo hielt seine Versprechen, auch wenn sie auf dieses elf Jahre gewartet hatte.

Jedes Jahr, wenn die Badesaison begann, hatte Charlie außerdem Max bearbeitet, der allerdings wenig begeistert war, denn er war der Meinung, dass die Insel zumindest nachts allein den Haubentauchern gehören sollte. Bis zu diesem Jahr.

»Bei Max hatte ich sogar den Eindruck, er wäre selbst gern mitgekommen.« Theo lachte. »Aber das konnten wir ihm gerade noch ausreden. Was für ein Glück, dass er uns die Boards trotzdem ausgeliehen hat. Na ja, und morgen wird die Insel auch wieder so aussehen wie vorher. Stimmt's?«

»Logisch! Die erste Ladung leere Kisten nehme ich schon mal mit rüber«, sagte Johann und stopfte eine Mülltüte in eine der Kühltaschen. »So schade, dass ich nicht bleiben kann, aber ich habe Toni versprochen, heute Abend zu kellnern.« Bedauernd sah er zu Anouk, die ein bisschen rot dabei wurde.

»Und Mama und Papa?« Charlie konnte immer noch nicht glauben, dass sie wirklich hier schlafen würde.

»Die kellnern nicht.« Er lachte. »Spaß, Schwesterlein. Die haben es erlaubt. Bist ja jetzt auch kein kleines Mädchen mehr. Das heißt …«, er wuschelte ihr durch die Haare, »… ein bisschen wachsen kannst du schon noch.«

»Keine Sorge, großer Bruder!«, antwortete Charlie grinsend. »Um dich in die Tasche zu stecken, muss man nicht größer sein als du. Stimmt's, Theo?«

Theo nickte lachend. Er wusste natürlich genau, worauf Charlie anspielte. Schließlich lag er bei der Korbbilanz im Basketball zurzeit um 17 Körbe vorn. Ein ewiges Battle zwischen Johann und ihm. »Stimmt.«

»Ja, ja, macht euch nur lustig über mich.« Johann reckte sich, und Charlie hatte den Verdacht, dass er es absichtlich tat, um Anouk noch einmal mit seinen Muskeln zu beeindrucken, was absolut nicht nötig war, denn man konnte förmlich die Herzchen in ihren Augen blinken sehen, egal was Johann tat.

»Also, ihr Süßen, ich komme morgen früh wieder und bringe Frühstück mit, wenn's recht ist«, rief Johann über die Schulter, während er eines der Boards ins Wasser schob. »Johann Haferkamps Brötchenservice, stets zu Diensten.« Er tippte sich an eine unsichtbare Mütze und nahm von Anouk die Kühltruhe entgegen, während er ihr ein weiteres strahlendes Lächeln schenkte, das sie ebenso strahlend erwiderte, bevor er in Richtung Max' Bootshaus lospaddelte.

Theo und Anouk begannen, die Schlafsäcke auszurollen und die Kissen so zu drapieren, dass alle drei bequem liegen konnten. Außerdem zündeten sie an jeder Ecke der

Picknickdecke Citronella-Kerzen an, um die Stechmücken abzuhalten.

Sie legten sich nebeneinander und suchten am immer dunkler werdenden Himmel die Sternbilder, die sie kannten.

»Schaut mal, da oben, gleich rechts unter der Kassiopeia: Das ist doch dein Geburtstagskuchen! Sogar mit Kerzen obendrauf!« Anouk zeigte in den Himmel.

»Ich sehe nichts«, sagte Theo. »Das heißt, Moment, meinst du etwa die Harley?«

»Eine Harley? Am Himmel? Nie im Leben. Das ist doch das Sternbild des Osterhasen. Habt ihr in Astronomie wieder mal nicht aufgepasst?« Charlie grinste.

»Was? Wir hatten Astronomie?« Theo drehte sich zu ihr um und sah sie an. Wie vorhin schon blieben ihre Blicke irgendwie aneinander hängen. In Theos Augen funkelte das Spiegelbild der flackernden Kerzen und Charlies Gesicht war ganz nah an seinem. Noch ein paar Zentimeter und ihre Nasen hätten sich berührt. Oder ... ihre Lippen. Es war beinahe wie letztes Jahr, und für einen Augenblick wünschte Charlie, die Zeit zurückdrehen zu können, aber nur kurz, denn dann schob sich Maxims Gesicht vor das ihres besten Freundes und erschrocken rückte sie ein wenig ab. Was war das nur immer mit ihr und Theo und den Sternen an ihrem Geburtstag?

6

WENN ES REGNET, SCHAU NACH EINEM REGENBOGEN. WENN ES DUNKEL IST, SCHAU NACH DEN STERNEN. (SNOOPY)

Vermutlich hatte sie die Stille geweckt. Oder ihr Traum. Oder die Nähe zu Theo. Jedenfalls war Charlie wach und sie konnte auch nicht wieder einschlafen, sosehr sie sich bemühte.

Nicht nur wegen diesem merkwürdigen Moment vorhin, auch sonst. Wenn Theo und sie sich so nahe waren, fühlte es sich immer ein bisschen so an, als würde sie Maxim betrügen. Ausgerechnet. Es war lächerlich. Und gleichzeitig auch nicht, denn immerhin hatte Theo dafür gesorgt, dass sie Maxim für den Rest des Tages komplett vergessen hatte.

Schnell setzte sie sich auf und fischte ihr Handy aus der Tasche. Das Display war schwarz. Verdammter Mist! Der Akku war bestimmt leer. Abgesehen davon, dass sie nicht damit gerechnet hatte, die ganze Nacht wegzubleiben, gab es hier auf der Insel wohl kaum eine Steckdose, um es wieder aufzuladen. Kurz schämte sie sich dafür, dass sie nicht mehr an ihn gedacht und einfach nur Spaß gehabt hatte.

Andererseits: Er hatte ihr schließlich den halben Tag nicht geschrieben. Und wer wusste schon, ob sie doch noch eine WhatsApp hinter dem dunklen Display finden würde, wenn sie es wieder zum Leben erweckt haben würde?

Die Sterne schienen nun noch viel heller zu leuchten als vorhin. Jetzt waren auch alle Lichter am gegenüberliegenden Ufer aus und die Eisdiele hatte längst geschlossen. Nur der Mond, die Sterne und eine einzige Straßenlaterne vorne am Steg spendeten Licht. Dennoch reichte es, um die Silhouette ihrer Freunde auszumachen. Charlie drehte sich zu Theo. Der Mond schien so hell, dass er sogar mitten in der Nacht Schatten auf sein Gesicht warf. Es war schön, ihm beim Schlafen zuzusehen. Sein Gesicht war so entspannt und ruhig wie selten tagsüber. Irgendetwas brachte ihn immer zum Lachen oder zumindest dazu, eine Grimasse zu schneiden. Charlie lächelte. Ob er wohl wusste, was für ein besonderer Kerl er war? Am liebsten hätte sie ihre Hand ausgestreckt und wäre, ohne ihn zu wecken, mit ihrem Finger vorsichtig über seine Stirn, seine Augenbrauen, seine Nase und seinen Mund gefahren. Aber sie ließ es sein. Das hier war Theo. Ihr bester Freund. Der wichtigste Mensch in ihrem Leben, den sie beinahe schon einmal verloren hatte, weil sie im Begriff gewesen waren, mehr aus ihrer Freundschaft werden zu lassen. Wieder einmal versicherte sie sich selbst, wie gut es war, dass sie Maxim kennengelernt hatte. Damit hatte er sie beide vermutlich gerettet. Noch einmal würde sie dieses Risiko allerdings nicht eingehen, auch wenn es ihr schwerfiel, ihre Hände bei sich zu behalten.

Vorsichtig, um niemanden zu wecken, stand sie auf und

ging hinunter ans Wasser. Sie setzte sich auf eines der Bretter und betrachtete das Glitzern der Wasseroberfläche.

Was sie wohl alle in fünf oder zehn Jahren machen würden? Würden Anouk und Johann einmal heiraten? Charlie grinste bei dem Gedanken daran, wie ihre beste Freundin und ihr Bruder sich feierlich und mit viel Tamtam in der Kirche, in der sie alle konfirmiert worden waren, das Eheversprechen gaben oder noch ein paar Jahre später gemeinsam einen Kinderwagen durch die Gegend schoben. Nein, beim besten Willen, das war wirklich absurd. Sie kicherte leise und schrak dann zusammen, als sich jemand neben ihr niederließ. Sie musste sich nicht umdrehen, um zu wissen, wer es war.

»Na, kannst du nicht schlafen?«, fragte Theo leise. Er hatte seinen und Charlies Schlafsack dabei und legte ihr ihren um die Schultern.

Charlie konnte sich ein Schmunzeln nicht verkneifen. Seine Haare standen wie immer in alle Richtungen ab und er grinste schief.

»Nein, irgendwie nicht.«

»Ich auch nicht.« Er rückte näher an Charlie heran und zog sie an sich, sodass sie sich an ihn anlehnen konnte. Der Tag war zwar sehr heiß gewesen, aber nun war es doch ein bisschen frisch geworden und Charlie genoss die Wärme, die Theos Körper abstrahlte.

So fühlt sich Vertrauen an, dachte sie. Jetzt, in dieser Sekunde, hätte sie ihm alles sagen können, was sie in den letzten Monaten für sich behalten hatte, aber gleichzeitig war der Moment so schön, dass sie ihn nicht zerstören wollte.

»Ich glaube, es ist, weil ich keine Sekunde von meiner Inselübernachtung verpassen möchte«, flüsterte Charlie und lächelte bei dem Gedanken daran, wie lange sie auf diesen Moment gewartet hatte. »Danke, Theo, dass du das echt wahr gemacht hast. Das war das allerschönste Geburtstagsgeschenk, das ich je bekommen habe.« Was vermutlich daran lag, dass aus dem Ticket nach Frankreich nichts geworden war. Wobei: Wenn sie die Wahl zwischen Frankreich und einer Übernachtung auf der Insel gehabt hätte – wofür hätte sie sich wohl entschieden? Das war eine Frage, die sie nicht einfach so beantworten konnte. So gern sie nach Nizza wollte, im Moment war die Sehnsucht nach Maxim doch ziemlich blass – vor allem im Vergleich zu dem Glück, endlich über Nacht hier sein zu dürfen.

»Gern geschehen. Ganz ehrlich: Wenn du dir das nicht gewünscht hättest, wäre es mein Wunsch gewesen. Das muss man doch mal erlebt haben!«

Charlie spürte seinen Atem an ihrem linken Ohr. Dort, wo er sie berührte, bekam sie eine leichte Gänsehaut. Sie schloss für eine Sekunde die Augen und lehnte sich noch ein bisschen mehr an Theo.

»Das muss man, da hast du recht«, antwortete Charlie leise.

Schweigend schauten sie aufs Wasser. Ob Maxim hier wohl auch eine gute Zeit haben würde? Wenn er sich rechtzeitig gemeldet hätte, hätte sie ihn eingeladen. Obwohl: Hätte sie wirklich? Passte dieser coole, französisch sprechende gut aussehende Typ wirklich hierher? Ihr Blick fiel auf die Boards und Maxims letztes Selfie mit dem Surfbrett schob sich vor ihr inneres Auge. Im Vergleich zum Strand in Nizza war hier einfach alles eine Nummer kleiner und unspektakulärer. Sie versuchte, ihren Badesee mit Maxims Augen zu sehen oder ihn sich hier mit ihr auf der Insel vorzustellen, aber es gelang ihr nicht.

Ach, Maxim.

Was war so schwierig daran, eine kurze Nachricht zu hinterlassen? Es war doch nichts zwischen ihnen vorgefallen, oder? Sie hatte so sehr auf ihre Geburtstagsnachricht gehofft, weil er ja dann vielleicht wieder mehr zu sagen gehabt hätte, außer »Wie geht's?« und »Was machst du?«.

»Was denkst du gerade?«, unterbrach Theo ihre Gedanken.

»Ich …« Erwischt! Aber was hatte sie eben erst für sich festgestellt? Dass es sich anfühlte, als ob sie Theo jetzt und hier alles sagen konnte? Nun, dann würde sie es ausprobieren. Auch wenn es wehtat.

»Ich habe an Maxim gedacht«, gab sie seufzend zu.

Theo sog scharf die Luft ein, aber das Mondlicht war nicht hell genug, um zu erkennen, ob ihn ihre Antwort geärgert oder verletzt hatte. Eines war sicher: Gefallen hatte sie ihm nicht. So viel zum Thema Ehrlichkeit.

»Aha.«

»Ja.«

»Und was hast du da gedacht?« Nun sah er sie doch an. Der Mond spiegelte sich in seinen Augen.

Traurig, beschloss sie. Nicht wütend. Sie seufzte wieder.

»Ich … vermisse ihn. Ich wünschte, er wäre …« Nein, nicht hier. »… ich könnte bei ihm …« Nein, auch das war nicht richtig. Sie wollte hier sein. Heute. Mit Theo und den anderen. Aber morgen, ja morgen wäre sie gern dort. Sie hasste das Chaos in ihrem Kopf und in ihrem Herzen. Warum war immer alles so kompliziert? Alles bis auf eines – zumindest das wusste sie sicher: »Ich wünschte, er hätte geschrieben«, murmelte sie.

»Hat er nicht?«

»Nein.«

»Und jetzt?« Gute Frage, Theo Sonntag. »Was genau ist das Problem?«

Das, was sie mitunter an Theo so liebte, war, dass er nie um den heißen Brei herumredete. Er kam immer zum Punkt. Während andere noch darüber diskutierten, wer schuld an etwas war, oder wie es zu irgendeinem Problem kommen konnte, suchte Theo schon nach der Lösung. Was auch immer seine Gefühle bei dieser Maxim-Sache waren, er schob alles beiseite und fragte genau das Richtige. Denn in der Tat: Was *war* das Problem?

Charlie brauchte einen Moment, bis sie ihre Gedanken soweit sortiert hatte, dass sie antworten konnte.

»Als ich dort war, waren wir ständig zusammen und das war wunderschön und ganz leicht. Am Anfang, als ich wieder zu Hause war, war es immer noch nicht wirklich schwierig. Aber jetzt, in den letzten paar Monaten, ist es plötzlich superkompliziert geworden.«

»Aha.« Allein die Tatsache, dass Theo nicht wirklich etwas sagte, zwang Charlie, noch einmal genauer hinzusehen. Denn:

»... kompliziert ist es eigentlich nur in meinem Kopf.

Zumindest unsere Gespräche und WhatsApps sind ganz einfach: Wenn ich ehrlich bin, sind es immer nur Wiederholungen. Das Einzige, was uns wirklich verbindet, ist die Erinnerung an einen unglaublichen Sommer – und der Wunsch, dasselbe noch einmal zu erleben. Aber an keinem der Tage, seitdem ich abgereist bin, ist etwas Neues hinzugekommen. Irgendwann sind unsere Gespräche einfach leergelaufen, weißt du, was ich meine?« Es war nicht so wichtig, ob Theo es wusste – viel wichtiger war, dass sie es selbst begriffen hatte. Es war gleichermaßen eine Erleichterung und es tat auch weh. Plötzlich wusste Charlie, wonach sie sich sehnte: dass Maxim schrieb, und vor allem dass seine Nachrichten wieder einen Inhalt hatten.

»Ich vermisse ihn schrecklich«, gab sie zu. Dabei war sie sich nicht mal so sicher, ob sie wirklich ihn vermisste oder nur ihre Idee von ihm. Diese Unsicherheit machte sie jedenfalls fertig. »Und ich hatte wirklich gehofft, dass wir uns dieses Jahr wiedersehen. Ich wäre so gern nach Nizza gefahren, Theo.«

»Hm«, machte er und schüttelte den Kopf, bevor er fortfuhr: »Und dann? Dann würde doch das Spiel wieder von vorne losgehen. Bist du dir sicher, dass du das willst?«

Wenn sie an die tollen Abende am Strand, an die langen Spaziergänge und vor allem an das Kribbeln im Bauch dachte, war die Antwort leicht. »Ja, das will ich sehr gern.« Genau das. Und noch viel mehr davon. Plötzlich schoss ihr ein Gedanke durch den Kopf. »Meinst du, es ist ihm etwas passiert, weil er nicht schreibt? Vielleicht hatte er einen Unfall, oder er ist … er ist …« Ihr Herz begann, wie wild zu schlagen. Warum war sie noch nicht früher darauf gekommen? Sofort fühlte sie sich schlecht. Sie hatte nur an sich gedacht.

»Quatsch, Charlie!« Theo hatte aufgehört zu flüstern und Anouk wälzte sich in ihrem Schlafsack von links nach rechts. Hoffentlich wachte sie nicht auf. So gern sie ihre beste Freundin hatte, dieses Gespräch wollte sie mit Theo alleine führen.

»Warum sollte ihm denn was passiert sein?«, fuhr er leiser fort. »Es gibt doch tausend Gründe, warum jemand nicht schreibt. Und vielleicht – ganz vielleicht – schreibt er ja auch nicht mehr, weil er nicht mehr schreiben will?« Er schob sie ein bisschen von sich, sodass sie ihn anschauen musste.

Autsch! Dachte er das wirklich? Oder wollte er das vielleicht einfach auch nur denken?

Waren Freunde nicht dafür da, einen zu bestärken und zu ermutigen und … Charlie spürte, wie ihr Tränen in die Augen schossen.

»Dein Ernst, Theo Sonntag?«, zischte sie wütend und sprang auf. Sie spürte selbst, wie ungerecht sie war, aber sie konnte sich einfach nicht zusammenreißen. »Du meinst also, Maxim will mich nicht mehr? Oder lass mich nachdenken: Bist du vielleicht doch einfach nur eifersüchtig? Gönnst du mir das alles nicht, oder warum fällt dir nichts Besseres ein, als mir meinen Geburtstag mit so einer Scheißfrage zu vermiesen?« Am liebsten wäre sie ins Wasser gesprungen und ans andere Ufer geschwommen. Weg, nur weg von ihrem besten Freund, der immer so beschissen ehrlich war. Der immer genau die richtigen Fragen stellte. Oder eben exakt die falschen. Das, was sie an Theo normalerweise so sehr mochte, hasste sie in diesem Moment am allermeisten. Plötzlich war diese Insel nicht mehr groß genug für sie beide.

Aber bevor sie auch nur noch einen weiteren Gedanken daran verschwenden konnte, ans Ufer zu schwimmen, was vermutlich schon daran gescheitert wäre, dass sie sich viel zu sehr davor gruselte, ins dunkle Wasser zu steigen, hatte Theo schon die Hand nach ihr ausgestreckt und hielt sie fest.

»Hey! Weglaufen gilt nicht, Charlie Brown. Ich wollte dich nicht aus der Fassung bringen. Komm, setz dich wieder hin!« Sie blieb stehen, wo sie war, und rührte sich nicht, dabei war ihre Wut so schnell verraucht, wie sie gekommen war. Ein bisschen schämte sie sich sogar, dass sie Theo so angefahren hatte.

»Bitte?«, schob er nach und zog sie ein wenig näher an sich.

Charlie atmete tief ein und wieder aus, bevor sie sich auf den Boden sinken ließ.

Sofort setzte Theo sich daneben. »Es tut mir leid, Charlie«, sagte er ernst.

»Nein, mir tut es leid. Du hast ja recht.«

»Ich hab …?« Er richtete sich auf, und Charlie hörte das Grinsen in seiner Stimme, auch ohne dass sie dazu sein Gesicht sehen musste. »Sag das noch mal, bitte!«

»Nicht übermütig werden, Sonntag, ja?« Sie knuffte ihn in die Seite. »Sonst nehm ich alles zurück!«

Obwohl die schwere Stimmung sich aufgelöst zu haben schien, lag das Gespräch immer noch über ihnen und Charlie konnte nicht verhindern, dass ihre Gedanken wieder dorthin zurückkehrten, wo es wehtat.

»Jeder Typ würde das Gleiche fragen, Charlie«, sagte Theo, dem es anscheinend ähnlich ging. »Jungs sind doch total leicht zu durchschauen: Sie rufen an, wenn sie wollen, und lassen es bleiben, wenn nicht. Fertig.«

»Das ist ja auch nicht das Problem.«

»Nein, ich weiß, was das Problem ist.« Er hielt kurz inne, bevor er weitersprach. »Das Problem ist, dass Mädchen sehr viel mehr dahinter vermuten. Sie selbst sind nämlich genau das Gegenteil davon: Sie überlegen sich Strategien, rufen eben gerade dann nicht an, wenn sie am allermeisten anrufen wollen, oder nehmen nicht ab, wenn ein Typ anruft, den sie gut finden, damit keiner denkt, sie wären interessiert, oder irgendetwas in der Art.«

»Das denkst du?« Charlie überlegte kurz, ob das auch auf sie zutraf.

»Bis man endlich begriffen hat, aus welchem Grund sie nicht ans Telefon gehen oder ob sie es schlicht nicht gehört haben, haben die Mädchen das jeweilige Verhalten schon mit ihren Freundinnen analysiert und wiederum ihre persönliche Strategie dazu entwickelt. Ist so.«

»Quatsch!« Sie war nicht so. Oder vielleicht doch?

Hätte Maxim wirklich angerufen, wenn er hätte anrufen wollen? Redete sie sich etwas ein, was es gar nicht gab?

»Ach ja, und außerdem«, unterbrach Theo ihre Grübeleien, »… vielleicht hat er dir ja doch geschrieben. Hast du nicht vorhin gesagt, dass dein Akku leer ist?« Er lächelte. »Also weißt du es nicht genau. Er könnte dir sogar genau jetzt gerade schreiben. Immerhin ist noch immer dein Geburtstag, stimmt's? Das heißt ...« Er sah auf die Uhr. »Na ja, fast. Es ist halb drei. Tja, dein Geburtstag ist hiermit offiziell beendet. Keine Sonderbehandlung mehr.« Das Mondlicht sorgte dafür, dass seine Zähne nahezu leuchteten, als er sie nun anlächelte. »Und wegen Maxim: Du wirst spätestens morgen Bescheid darüber wissen, wenn du dein Handy wieder aufgeladen hast. Bis dahin kannst du genauso gut noch ein bisschen schlafen. Oder tanzen, wenn dir eher nach tanzen ist.« Er gähnte und ließ sich nach hinten fallen.

Als Charlie sich in ihren Schlafsack einkuschelte und sich neben ihn legte, hörte sie, wie er erleichtert aufatmete.

»Ich bin froh, dass du dich fürs Pennen entschieden hast.« Er nahm ihre Hand und bog ihren Zeigefinger gerade. Mit ihrer Hand in seiner zeigte er in den Himmel.

»Siehst du die drei Sterne in einer Reihe da oben?«

»Sehe ich«, antwortete sie neugierig. Ihre Hand in seiner fühlte sich einfach nur gut an. Geborgen und warm. Sie wusste selbst, dass sie ganz schön ungerecht sein konnte, dabei fand sie Streit ganz schrecklich und war deshalb auch meist die Erste, die sich entschuldigte. Darüber, dass sie sofort wieder die Kurve gekriegt hatten, war Charlie so erleichtert, dass ihr beinahe schon wieder die Tränen kamen.

»Was ist jetzt mit den Sternen, Sonntag?«, fragte sie schnell und frecher, als ihr eigentlich zumute war. Sie war unendlich dankbar, dass Theo Charlie ihren Ausbruch nicht übel nahm, und einfach nur glücklich, dass er hier neben ihr lag.

»Ich glaube, die Sterne haben nichts mit einem Motorrad oder einem Hasen zu tun. Ich glaube, sie sind das, was in Büchern oft am Ende von Sätzen steht. Ich glaube, sie bedeuten in diesem Fall, dass jemand seinen Satz nicht zu Ende gesprochen hat.« Er drehte sich zu ihr. »Er wird schon schreiben, Charlie. Wenn er nicht ganz bescheuert ist, weiß er, was er sonst verpasst.«

7

HEUTE IST EIN GUTER TAG FÜR EINEN GUTEN TAG (CHARLIE BROWN)

Als sie wieder zu Hause waren, hängte Charlie als Allererstes das Handy ans Ladekabel. Es war schwer genug gewesen, nicht während des Frühstücks auf der Insel zu drängeln. Allerdings wäre das auch wirklich nicht besonders nett gewesen, denn Johann hatte sich selbst übertroffen: Er hatte frische Croissants und Brötchen vom Bäcker geholt und von Anouks Mama eine Erdbeermarmelade abgestaubt. Er hatte eine Thermoskanne mit Kakao, eine Flasche Orangensaft, Eier, Käse und sogar einen Obstsalat dabei, von dem er behauptete, dass er ihn selbst geschnippelt hatte, auch wenn Charlie sich sicher war, dass er das nur sagte, um Anouk zu beeindrucken, und ihn eigentlich ihre Mutter gemacht hatte. So oder so: Es war vermutlich das beste Frühstück, das sie je gegessen hatte. Selbst die Haubentaucher profitierten ein klitzekleines bisschen davon, dass sie ihre Insel über Nacht geteilt hatten, auch wenn Max ein strenges Fütterungsverbot ausgesprochen hatte und jeder sich unter normalen Umständen daran hielt.

Irgendwann, nachdem alle schon zum zweiten Mal innerhalb von vierundzwanzig Stunden pappsatt auf der Picknickdecke lagen, hatten sie die Insel wieder aufgeräumt und waren voll beladen zurückgepaddelt, weil Max ab elf Uhr sein Bootshaus aufmachte und alle Bretter schon von Badegästen reserviert worden waren.

Während Theo, Anouk und Johann damit begannen, die Kühlbox und die Taschen auszuräumen, wartete Charlie sehnsüchtig darauf, dass ihr Telefon wieder ein Lebenszeichen von sich gab. Ungeduldig drehte sie es in ihren Händen, bis es endlich wieder funktionierte. Zwölf WhatsApps von Freunden, ihren Großeltern und Onkel Frieder. Ungläubig scrollte sie noch einmal komplett durch ihren Nachrichteneingang. Nicht eine einzige Zeile von Maxim. Kein Versuch, sie anzurufen. Gar nichts. Enttäuscht ließ sie ihr Telefon sinken.

»Alles klar, Charlie Brown?« Theo stupste sie mit dem Ellbogen in die Seite, als er sich mit all ihren Schlafsäcken an ihr vorbeidrückte, um sie zum Auslüften im Garten auf die Wäschespinne zu hängen. Doch bevor sie reagieren konnte, war er schon weitergegangen. Im Haus der Haferkamps bewegte er sich so selbstverständlich, als wäre es sein eigenes. Andererseits: Das war es beinahe auch. Seine Eltern lebten getrennt und seine Mutter war beruflich viel unterwegs gewesen. So hatte es sich ziemlich schnell ergeben, dass Theo zum Mittagessen mit zu Charlie kam, und später, dass ihre Mutter ihn mit ins Training nahm, wenn sie Johann dorthin fuhr. Manchmal war Theo selbst dann gekommen, wenn weder Johann noch Charlie zu Hause waren. Kein Wunder also, dass er bei den Haferkamps beinahe schon zur Familie gehörte.

Wahrscheinlich, dachte Charlie, hätte ihre Mutter auf die Frage, wie viele Kinder sie hat, manchmal aus Versehen mit »drei« geantwortet.

Theo war stehen geblieben. »Warum schaust du denn so komisch?«

»Ich … ach nichts.« Wenn Charlie jetzt ihre Grübeleien mit Theo teilte, würde er sich nur in seiner Meinung bestätigt fühlen, und das würde den Tag auch nicht besser machen. Ganz im Gegenteil. Sie versuchte zu lächeln. »Alles gut«, sagte sie tapfer, gerade in dem Moment, als Anouk zu ihnen stieß.

»Was ist los? Hat Maxim etwa nicht geschrieben?«, fragte sie prompt, als sie Charlies Gesicht sah.

Danke, Anouk. So viel zum Thema: *Wir wollen nicht darüber sprechen.*

»Nein, hat er nicht.« Sie kam sich lächerlich vor. Alle hatten sich das vermutlich längst gedacht, waren supergut gelaunt und planten schon die nächste Übernachtung auf der Insel, ein Volleyballturnier am Wochenende und ihre Schichten bei Toni, und sie stand hier rum und blies Trübsal. Dabei hatte sich nichts geändert. Der Sommer war schließlich immer noch großartig. Charlie konnte sich selbst nicht leiden, aber aus ihrer Haut konnte sie ebenfalls nicht.

»Aber das ist immer noch, was du willst, oder?« Theo musterte sie aufmerksam. »Ich meine, dass er sich meldet.«

»Logisch«, antwortete Charlie schnell. »Was soll sich

denn seit heute Nacht geändert haben?« Ihr Freund konnte echt bescheuerte Fragen stellen.

»Okay, wenn das so ist, dann … hast du denn schon überall geschaut?«

Charlie musste gegen ihren Willen lachen. »Was meinst du mit ›überall‹? Hinter der Couch? Unter den Schlafsäcken?«

Theo verdrehte die Augen. »Klar, hinter der Couch. Nein, natürlich abgesehen von WhatsApp auch noch auf Insta und Snapchat und so.« Er runzelte die Stirn, als sie immer weiter kicherte.

»Und das kommt ausgerechnet von dir, dem Typen, der mit Snapchat so wenig anfangen kann wie ich mit einem Basketball?« Anouk grinste ebenfalls.

»Na ja, ich habe eben ein echtes Leben mit echten Hobbys und echten Freunden.« Theo legte seinen Arm um Anouk und zog sie an sich. »Nicht so wie gewisse Mädchen, die nichts Besseres zu tun haben, als sich ständig selbst mit einer Entenschnute und einem Glitzerfilter zu präsentieren. Autsch!« Anouk hatte ihn geboxt und nun verfolgte sie ihn mit der erhobenen Grillzange um den Küchenblock.

»Na warte! Wenn ich dich erwische! Entenschnute! Glitzerfilter! Als ob! Ich habe sehr wohl ein echtes Leben! Und eine echte Grillzange noch dazu!«

Theo wackelte mit angelegten Ellenbogen und quakte wie eine Ente, während er seinen Mund zu einer übertriebenen Schnute zog. Beide lachten und kicherten und es wurde erst ein bisschen ruhiger, als Theo schließlich durch die geöffnete Schiebetüre in den Garten rannte, wo sich

Johann sofort an der Jagd beteiligte, indem er den Gartenschlauch aufdrehte und seine Freunde von oben bis unten nass spritzte.

Charlie ließ sich auf einen Küchenstuhl fallen.

Snapchat. Instagram.

Auf die Idee war sie gar nicht gekommen. Natürlich folgte sie Maxim auf Insta. Das, was bei Anouk die Glitzer-Duckface-Selfies waren, war bei ihm die coole Sportlerpose mit nacktem Oberkörper. Er konnte wirklich stolz auf seinen Körper sein. Und das war er auch. Jedes einzelne Bild strotzte nur so vor Selbstbewusstsein und Coolness. Klar, Charlie gefielen die Bilder, aber irgendwie waren sie auch ein bisschen … übertrieben, und außerdem hatten sie nichts mit *ihrem* Maxim zu tun. Jedenfalls nichts mit dem Maxim, den sie mochte. Vermutlich war sie nur eifersüchtig. Immerhin hatte er beinahe 20.000 Follower. Zwanzigtausend! Vermutlich vor allem Mädchen.

Und Snapchat? Bis auf Theo hatte das wahrscheinlich jeder im Alter zwischen zwölf und dreißig. Die Filter waren cool und auch die Funktion, bei der man sehen konnte, wo sich die Freunde gerade aufhielten, war echt lustig. Aber Charlie war kaum auf Snapchat, denn eigentlich brauchte sie das alles nicht. Schließlich wusste sie sowieso, wo sich ihre Freunde befanden: draußen im Garten. Ob Maxim überhaupt auf Snapchat war? Und wenn ja, warum sollte er ihr nicht mehr auf WhatsApp, dafür aber auf Snapchat schreiben? Egal. Theo hatte recht. Einen Versuch war es so oder so wert.

Und tatsächlich: eine Nachrichten-Anfrage von einem

gewissen I_am_Schroeder. Aufgeregt klickte Charlie die Message an.

»Happy Birthday, Charlie Brown«, las sie und ließ verwundert das Telefon sinken. Was sollte das? Warum schrieb Theo ihr eine Nachricht auf Snapchat, obwohl er im Raum nebenan war? Aber immerhin war der Hinweis zu dieser Plattform von ihm gekommen und so, wie sie ihn kannte, war er auf jeden Fall für eine Überraschung gut. Neugierig las sie weiter. Zur Rede stellen konnte sie ihn schließlich auch später noch.

Happy Birthday, Charlie Brwon!, schrieb er also.

I_am_Schroeder

> Alles Gute noch mal! Den sechzehnten kann man schließlich nicht lange genug feiern ☺ Es tut mir leid, dass du wütend auf mich warst und so lange auf eine Nachricht warten musstest. Aber ich hoffe, diese hier macht dich genauso froh, wie die heiß ersehnten WhatsApps ☺ Ich freue mich schon sehr auf den Sommer mit dir und darauf, nicht nur die Sonne, sondern auch den Mond mit dir zu teilen. Du weißt ja: Freunde sind wie Sterne, sie sind auch da, wenn man sie gerade nicht sieht. XX, dein Schroeder

Fassungslos starrte Charlie auf das Display. Nein, diese Nachricht war nicht von Theo, auch wenn sie das im ersten Moment geglaubt hatte. Immerhin nannte er sich selbst Schroeder, wie einen von Charlie Browns besten

Freunden. Aber auch Maxim wusste von ihrer Begeisterung für die Peanuts, und dass er sich das gemerkt hatte, freute sie beinahe genauso, wie die Message selbst. Aber der eigentliche Hinweis auf Schroeders Identität war doch dieser Satz:

Es tut mir leid, dass du wütend auf mich warst und so lange auf eine Nachricht warten musstest.

Unglaublich, dass Maxim das spüren konnte! Und dann dieser hier:

Aber ich hoffe, diese hier macht dich genauso froh, wie die heiß ersehnten WhatsApps ☺

Auch das stimmte. Wie oft hatte sie Maxims WhatsApps gelesen, seine Bilder angesehen und auf eine neue Nachricht gehofft? Sehr oft jedenfalls.

Freunde sind wie Sterne, sie sind auch da, wenn man sie gerade nicht sieht.

Wie recht er hatte. So viel außerdem zu Theos Theorie, dass Mädchen alles immer analysieren mussten. Sie grinste bei dem Gedanken an das Gespräch auf der Insel.

Eine unglaubliche Last wich von ihrem Herzen. Maxim hatte geschrieben! Aber irgendwas war seltsam an diesem Text. Für Maxims Verhältnisse war er sehr lang und auch ein wenig merkwürdig. Warum entschuldigte er sich dafür, dass sie so lange auf eine Nachricht gewartet hatte? Wenn es ihm leidtat, hätte er sich ja einfach früher melden können, oder etwa nicht? Sie wischte ihre Verwunderung beiseite. Schließlich war Deutsch nicht seine Muttersprache. Die Hauptsache war, dass und was er geschrieben hatte.

Freunde sind wie Sterne, sie sind auch da, wenn man sie nicht sieht, konnte ja nichts anderes heißen, als dass sich zwischen ihnen nichts geändert hatte, oder? Passend zu dem Spruch mit den Sternen hatte Schroeder anscheinend die Standortfunktion ausgeschaltet. Ob er das mit Absicht oder aus Versehen gemacht hatte? Egal. Schließlich wusste sie sowieso genau, wo er war. Am Strand oder im »Chez Babette«. Hauptsache, er dachte in diesem Moment ebenso an sie wie Charlie an ihn, und da war sie sich plötzlich wieder ganz sicher.

»Er hat geschrieben«, flüsterte sie und strich zärtlich über das Display ihres Telefons. Plötzlich schien der Tag, der ihr bisher so gar nicht gefallen hatte, doch noch richtig gut zu werden.

»Wer hat geschrieben?« Theo und Anouk standen immer noch kichernd in der Tür und rubbelten sich mit den Handtüchern ab, die sie eigentlich aufhängen wollten. Charlie streckte ihren Freunden ihr Handy mit der Nachricht entgegen und lachte über ihre verwirrten Gesichter.

»Na, Maxim!« Sie strahlte ihren Freund an. »Woher hast du das gewusst, Theo?« Überschwänglich drückte sie ihm einen Kuss auf die Wange. Schon während sie mit ihrem Gesicht ganz nah an seinem war, fühlte sie, wie er erstarrte.

»Maxim hat …? Ich habe …? Aber das ist …« Er war blass geworden und starrte sie aus weit aufgerissenen Augen an. Sie erschrak über seinen Anblick und ihre Freude verpuffte beinahe so schnell wieder, wie sie gekommen war.

»Was ist, Theo? Warum schaust du so? Freust du dich nicht mit mir?« Charlie spürte, wie Verzweiflung in ihr aufstieg, weil sie Theos Reaktion überhaupt nicht verstand. Konnte nicht einfach mal alles gut und alle froh sein?

»Doch, ja … ich …« Er räusperte sich. »Sorry. Klar, freue ich mich. Logisch. Du … du hast ja lange genug gewartet … aber … aber woher willst du wissen, dass die Nachricht auch wirklich von ihm ist?« Er vermied es, sie anzusehen, und spielte mit einem Apfel, den er aus dem Obstkorb genommen hatte.

»Von wem sollte sie denn sonst sein?« Irritiert sah Charlie von Theo zu Anouk und wieder zurück. Ihre Freundin zuckte allerdings ebenfalls nur verwirrt die Schultern.

»Vielleicht von …«, setzte Theo an, aber Anouk unterbrach ihn und streckte die Hand nach Charlies Telefon aus. »Was hat er denn geschrieben?« Wenigstens schien sie sich mit Charlie zu freuen.

»Eigentlich … nichts Weltbewegendes. Aber er nennt sich I_am_Schroeder, so wie Charlie Browns bester Freund. Ist das nicht …« Die Freude von vorhin wollte sich beim Anblick von Theos bleichem Gesicht nicht mehr so recht einstellen, obwohl Johann polternd die Küche betrat und Charlies Satz vervollständigte.

»… süüüüüüß?«, sagte er grinsend.

»Blödmann!«, gab sie zurück, war aber insgeheim froh, dass er die komische Stimmung ein wenig auflockerte.

»Echt?« Anouk ignorierte sowohl Johanns als auch Charlies Reaktion. »Wie kommt er denn auf Schroeder? Und woher weiß er, dass du so ein Peanuts-Fan bist?«

Charlie spürte, wie ihre Wangen glühten. Das war das Beste daran: Er hatte sich Kleinigkeiten über sie gemerkt, um sie dann damit zu überraschen, wenn sie mit gar nichts mehr rechnete.

»Ich habe auch nicht gewusst, dass er sich daran erinnert«, antwortete sie aufgeregt. »Aber ich habe dir doch davon erzählt, dass wir im Camp am ersten Abend T-Shirts mit unseren Namen bemalt haben. Du weißt schon: Damit man sich schneller kennenlernen kann und so. Jedenfalls habe ich natürlich auf meines noch einen Snoopy gezeichnet. Maxim und ich haben uns ein bisschen darüber unterhalten. Und dann wollte er auch einen. Dass ich Comics malen kann, fand er wohl ziemlich cool.« Voller Stolz erinnerte sich Charlie daran, wie er das T-Shirt mit seinem Namen und ihrem Snoopy am nächsten Tag getragen hatte. Es war echt gut geworden. Sie hatte auch extra einen Snoopy mit Surfbrett gemalt. Dann hatte sie es zwar nie wieder an ihm gesehen, aber … so waren sie ins Gespräch gekommen und alles hatte angefangen. Sie hatte Anouk zwar ganz sicher davon erzählt, aber im Vergleich zu allem anderen, was sie mit ihr geteilt hatte, war es ihr selbst nicht so wichtig vorgekommen. Das war natürlich jetzt ganz anders.

Eine Frage war aber trotzdem noch offen. Nämlich, warum er von WhatsApp zu Snapchat gewechselt hatte. Aber das konnte sie ihn ja fragen, wenn sie das nächste Mal in Ruhe mit ihm schrieb. Dass er so viel mehr als nur einen kurzen Gruß geschickt hatte, machte sie einfach nur glücklich, und sie war sich sicher, dass ab jetzt alles anders werden würde. Erleichterung breitete sich in ihrem Herzen und ein Lächeln auf ihrem Gesicht aus. Er liebte sie also doch noch!

Sie fühlte, dass Theo sie beobachtete. Als sie aufsah, trafen sich ihre Blicke. Er hatte immer noch nichts gesagt und sein Blick war selbst für Charlie nicht zu deuten. Aber hatte nicht er sie auf die Idee mit Snapchat gebracht und sie davon überzeugt, dass Maxim schreiben würde? Warum sah er sie dann immer noch so an, als … als würde er sich überhaupt nicht darüber freuen, dass er recht gehabt hatte? Charlie seufzte. Wer behauptete, dass Mädchen kompliziert waren, hatte noch nie versucht, Jungs zu verstehen.

8

LIEBE TUT WEH, CHARLIE BROWN! (SCHROEDER)

Snoopylove_04

~~Hi, Maxim~~
~~Hallo Maxim~~
~~Lieber …~~
~~Liebster …~~
~~Cher …~~

Es war eine Sache, von Maxim endlich die heiß ersehnte Nachricht bekommen zu haben, aber eine ganz andere, darauf zu antworten. Schließlich wollte Charlie, dass sie ähnlich viel bedeutete wie seine und nicht ganz furchtbar schmachtend klang. Denn das war das Letzte, was Charlie wollte, und ein bisschen steckte ihr außerdem auch noch die Enttäuschung darüber in den Knochen, dass er erst am Tag nach ihrem Geburtstag geschrieben hatte. Ihren ursprünglichen Plan, ihn danach zu fragen, warum das so war und warum er plötzlich auf Snapchat umgestiegen war, hatte sie schon gleich wieder verworfen. Sie wollte nicht anhänglich und empfindlich rüberkommen, sondern eher cool, unabhängig und fröhlich. Kurz: Sie wollte das Surfergirl sein, das er im letzten Jahr in ihr gesehen und das ihm so gefallen hatte.

Snoopylove_04

> Hey, Maxim, danke für deine Message! Ich habe mich total gefreut! Mein Geburtstag war super. Meine Freunde haben ~~mit mir ein Picknick auf einer kleinen Insel~~ eine tolle Überraschung vorbereitet und ich habe viele tolle Geschenke bekommen. Leider keinen Trip nach Nizza ☹ ~~Ich wäre so gern gekommen! Aber vielleicht kriege ich es doch noch irgendwie hin.~~ Erzähl: Was machst du so? Wie sind die neuen Schüler? Ich vermisse dich, ~~deine XOXO~~ XX, Charlie.
> PS: Der Spruch mit den Sternen ist superschön.
> PPS: Hier ein Foto mit meinen Freunden Anouk und Theo und meinem Bruder Johann auf der Insel, damit du dir vorstellen kannst, wie wir den Sommer verbringen. Es ist nicht Nizza, aber trotzdem super hier. ~~Ich wünschte, du wärst hier.~~

Sie drückte senden, bevor sie es sich anders überlegen konnte, und war froh über alles, was sie gestrichen hatte. Der letzte Satz wäre definitiv zu viel gewesen.

Charlie lag in der Hängematte im Garten und wartete auf ihre Eltern. Sie musste einfach noch mal versuchen, mit ihnen zu reden. Als sie den Schlüssel im Haustürschloss hörte, schälte sie sich aus der Hängematte, zog ihr Shirt nach unten und räusperte sich, bevor sie in die Küche ging, um über ihre Sommerferien zu verhandeln.

»Hallo, Schatz!« Ihre Mutter stellte zwei randvolle Einkaufstüten vor Charlie auf den Tresen. »Geht's dir gut? Wie war die Inselübernachtung?« Sie strich ihrer Tochter schnell über den Rücken und blies sich eine rotblonde Strähne aus dem Gesicht. Die Haarpracht hatte Charlie definitiv von ihrer Mutter geerbt. Und auch sonst einiges. Das etwas aufbrausende Temperament beispielsweise. Aber das musste Charlie heute unbedingt unter Kontrolle behalten, wenn sie ihr Ziel erreichen wollte.

»Die Übernachtung war super«, sagte sie und versuchte, all ihre Freude über die gelungene Überraschung noch einmal in ihre Stimme zu legen. »Danke noch mal, dass ihr das alles erlaubt habt.«

»Sehr gern, Schätzchen. Wir wissen ja, wie lange du das schon willst. Und Theo hat uns außerdem auch ganz schön bearbeitet.« Sie lächelte. »Hast du ein Glück, dass er dein Freund ist.«

Kurz fiel Charlie wieder sein blasses Gesicht von vorhin ein und wie komisch er reagiert hatte. Warum auch immer das so gewesen war, ihre Mutter hatte recht. »Ja, stimmt, Mama.« Charlie wusste, dass ihre Mutter Theo und sie ständig beobachtete, weil sie nur darauf wartete, dass aus ihnen mehr wurde als beste Freunde. Schon allein deshalb war es gut, dass es bei dem einen Kuss letztes Jahr geblieben war. Im Raushalten war ihre Mutter nämlich eine Katastrophe. Abgesehen davon hatte Maxim geschrieben und Charlie wollte immer noch nach Nizza. Sie musste wirklich diplomatisch sein, wenn sie nicht riskieren wollte, dass der Schuss nach hinten losging.

»Kann ich dir beim Auspacken helfen?«

Ihre Mutter hielt inne und schaute ihre Tochter prüfend an. »Was willst du, Fremde, und was hast du mit meiner Tochter gemacht?« Sie grinste gut gelaunt. *Sehr gut.*

»Witzig, Mama. Kann ich nicht einfach so auch mal helfen? Du sagst doch immer, wir würden nicht genug …«

»Doch, ich finde schon auch, dass du einfach mal so helfen kannst«, unterbrach sie Charlie. »Also bitte …« Sie zeigte mit einer ausladenden Geste auf die Tür. »Leg los!« Eine Weile räumten sie schweigend Milch, Käse und Butter in den Kühlschrank, wobei Charlie gar nicht so richtig wahrnahm, was sie da in den Händen hielt.

Los, komm schon, Charlie, trau dich, ermutigte sie sich selbst, aber irgendwie fand sie den Einstieg nicht. Sie hatte noch nicht einmal bemerkt, dass ihre Mutter sie beobachtete. Erst als sie die Tube Zahnpasta, die Charlie gerade ins Gemüsefach gelegt hatte, wieder herausnahm und ihrer Tochter die Hände auf die Schultern legte, um sie zu sich zu drehen, gab Charlie seufzend auf.

»Also, was ist los, Charlotte Haferkamp?« Ihre Mutter sah ihr tief in die Augen.

»Ich …« *Jetzt oder nie, Charlie.* Sie holte tief Luft und erwiderte den Blick ihrer Mutter. »Ich möchte unbedingt wieder nach Frankreich fahren, Mama.« Ihre Augen füllten sich mit Tränen, obwohl sie das eigentlich überhaupt nicht wollte, aber verhindern konnte sie es trotzdem nicht. Bestürzt sah ihre Mutter Charlie an.

»Du möchtest nach …?« Sie strich ihr liebevoll über den Rücken. »Schätzchen, das ist doch kein Grund zu weinen.«

»Nein, ich weiß«, schniefte Charlie, »aber … doch.«

Der Einstieg war zwar gemacht, aber so furchtbar hatte sie sich das nicht vorgestellt.

Ihre Mutter musterte sie aufmerksam, bevor sie fragte: »Geht es denn um Frankreich oder um diesen jungen Mann?«

Charlie musste trotz ihrer Tränen grinsen. »Mama! Das ist doch kein junger Mann! Das ist … einfach … nur Maxim eben.«

»Okay, Maxim eben.« Ihre Mutter lächelte auch. »Geht es um ihn?«

Charlie hasste Lügen, die Wahrheit war allerdings hier sicher nicht unbedingt förderlich. Andererseits, ihre Mutter war im Schuldienst und hatte einen untrüglichen Radar für Unwahrheiten, also …

»Ich würde schon auch noch meine Französischnote verbessern wollen.« Sie schaute auf ihre Zehen, deren Nägel sie in allen Nagellackfarben lackiert hatte, die Anouks Schminktäschchen hergegeben hatte. Auf den großen Zehennagel in Hellblau hatte ihr ihre Freundin sogar noch eine Margeritenblüte gepinselt. Es sah wirklich sehr schön aus. Und auch ziemlich interessant. Jedenfalls das beste Ziel für ihren Blick, wenn die Alternative sonst die pädagogisch geschulten Augen ihrer Mutter waren, die ansonsten offensichtlich beschlossen hatte, zu schweigen, bis Charlie es nicht mehr aushielt. Das ging für gewöhnlich und auch dieses Mal ziemlich schnell.

»Okay, okay. Du hast gewonnen. Ja, der Sprachkurs war gut und es hat Spaß gemacht, mit den ganzen Leuten am Strand abzuhängen, und ich freue mich auch total über meine Drei, aber deshalb will ich nicht wieder nach Nizza. Die Drei im Zeugnis reicht mir völlig. Ja, ganz ehrlich: Du hast mich durchschaut. Ich will vor allem wegen Maxim dorthin.« *Dem jungen Mann eben.* Jetzt war es raus. Charlie sah, wie es im Kopf ihrer Mutter ratterte und die Gedanken, die sie hatte, nicht unbedingt positiv ausfielen. Das Lächeln war jedenfalls aus ihrem Blick verschwunden.

»Verstehe …« Ihre Mutter musterte sie von oben bis unten. Charlie konnte sie zumindest in diesem Moment überhaupt nicht einschätzen. »Und wie hast du dir das vorgestellt?«

»Ich habe mir …« Sie schluckte. *Heute war ein guter Tag für einen guten Tag,* fiel ihr eines ihrer Lieblingszitate von Charlie Brown ein. Es war schließlich noch nicht alles verloren. Solange ihre Mutter noch hier stand und mit ihr sprach, gab es Hoffnung auf Urlaub am Strand. Und auf Maxim. Also noch mal von vorne, mit etwas mehr Diplomatie, wenn möglich. »Ich würde gerne jetzt zwei Wochen arbeiten und dann zwei oder drei Wochen nach Nizza fahren, ganz einfach.« Au revoir, Diplomatie. Bienvenu, direkter Angriff.

»Ganz einfach?«, wiederholte ihre Mutter stirnrunzelnd. »Zwei oder drei Wochen? Wo willst du denn da schlafen? Und was machst du dort? Weißt du, abgesehen davon, dass ich das alles nicht besonders vertrauenerweckend finde, ist es auch zu teuer, dich zu einem Kurs anzumelden, nur damit du dort sein kannst. Und Sinn macht es auch keinen.«

Trotzig verschränkte Charlie die Arme vor der Brust und starrte ihre Mutter herausfordernd an.

»Es macht keinen …? Natürlich macht es Sinn!« Sie wurde lauter, was ihre Chancen ganz sicher noch zusätzlich verringerte. »Ich lerne doch jeden Tag Französisch, auch wenn ich nicht in der Sprachschule bin. Im Supermarkt, am Strand, egal wo … kein Mensch spricht Englisch oder Deutsch.« Außer Maxim, aber diesen Trumpf würde sie ihrer Mutter nicht auch noch zuspielen. »Und außerdem könnte ich ja bei Maxim übernachten«, fuhr sie fort und zwang sich, die Lautstärke wieder zu drosseln. Das lief nicht gut. Gar nicht gut.

Ihre Mutter sog scharf die Luft ein. »Bei Maxim schlafen?«, echote sie entsetzt. Alles Lachen war aus ihrem Gesicht verschwunden. Nun war es nicht mehr besonders schwierig, ihre Stimmung einzuschätzen. Sie schüttelte den Kopf. »Charlie, das geht auf keinen Fall! Wir kennen den … diesen … jungen Mann oder wie auch immer du ihn nennst … doch gar nicht! Er war noch nie hier und auch du kennst ihn gerade mal drei Wochen! Du weißt nicht, was er für ein Typ ist! Und du bist gerade erst sechzehn geworden! Wie alt ist er denn überhaupt?«

»Neunzehn«, murmelte Charlie und schaute wieder betreten auf ihren Blümchenzeh, aber im Gegensatz zu eben schaffte er es nicht, sie aufzumuntern. »… und ich kenne ihn sehr wohl!« Wenn ihre Mutter in seine Augen gesehen hätte, nur ein einziges Mal, so wie Charlie selbst, dann wüsste sie, dass man ihm absolut vertrauen konnte. Er würde nie etwas tun, was sie nicht wollte. Ihre Mutter hatte keine Ahnung. Von nichts. Und es interessierte sie auch nicht die Bohne, was in Charlie vorging und was sie sich wünschte. Wahrscheinlich hatte sie nur Angst davor, dass ihr Töchterchen vielleicht nicht jungfräulich in die Ehe ging oder was auch immer es war, das sie sich in ihrem moralisch anspruchsvollen Kopf so ausdachte. Charlies Glück war ihrer Mutter egal. Sie gab ihr ja noch nicht einmal eine Chance. Ihr ging es nur um Macht und wer am längeren Hebel saß. Zum Kotzen war das!

»Vor was willst du mich denn beschützen? Davor, glücklich zu sein?« Mit in die Seite gestemmten Fäusten starrte Charlie ihre Mutter an, die ihr in genau der gleichen Pose und mit dem gleichen Gesichtsausdruck gegenüberstand. Man konnte die Anspannung förmlich fühlen.

»Geht es denn wirklich um mich«, fuhr sie fort, »oder hast du Angst, was die Nachbarn sagen oder Oma oder … oder vielleicht sogar Theo?« Charlie wusste, wie ungerecht sie war, und dass sie Theo besser raushalten sollte, aber in die Wut auf ihre Mutter mischte sich plötzlich auch die Enttäuschung über seine Reaktion auf Maxims Nachricht. In diesem Moment war sie einfach wütend auf alle, die ihrem Glück im Weg standen. Theo inbegriffen.

Ihre Mutter machte einen Schritt auf ihre Tochter zu und Charlie zuckte vor Schreck zusammen. Auch sie schien wütender als Charlie sie seit Langem gesehen hatte.

»Das denkst du wirklich?« Charlies Mutter schüttelte

den Kopf. »Ernsthaft? Du meinst, es geht mir darum, was andere denken? Meine Güte, Charlotte, ich weiß, du bist erst sechzehn, aber für so naiv hätte ich dich nicht gehalten.« Sie schnaubte. »Was auch immer du über mich denkst: Es hat nichts mit anderen zu tun, sondern einzig und allein mit dir, wenn ich dir diesen Trip nicht erlaube. Denn ob du es glaubst oder nicht: Ich war auch mal sechzehn. Und ich habe auch Dinge ausprobiert und Abenteuer erlebt. Und ich habe sogar Fehler gemacht. Fehler, die ich dir gern ersparen möchte. Und weißt du auch warum?« Der Zorn war aus ihrem Gesicht gewichen, stattdessen sah sie müde aus. Sie streckte die Hand nach ihrer Tochter aus, aber Charlie hatte überhaupt keine Lust auf Frieden. Schon gar nicht zu den Bedingungen, die ihre Mutter stellte.

»Warum?«, knurrte sie und versenkte ihre Hände tief in den Taschen ihrer Shorts.

»Weil ich dich lieb habe und man nicht jeden Fehler machen muss.«

Charlie machte einen Schritt zurück. »Ach ja? Aber warum darf ich nicht selbst entscheiden, welche Fehler ich machen möchte? Wie zum Beispiel meine eigenen vielleicht?«

Ihre Mutter lachte laut auf. Es hörte sich allerdings nicht besonders fröhlich an. »Du siehst also ein, dass es ein Fehler ist?«

Charlie hasste es, wenn ihre Mutter ihr das Wort im Mund herumdrehte.

»Es ist kein Fehler. *Er* ist kein Fehler. Es sind nur Sommerferien bei meinem … Freund.« In dem Moment, als sie es aussprach, sah sie mit einer gewissen Genugtuung, wie ihre Mutter zusammenzuckte. Sie hatten eigentlich ein sehr gutes Verhältnis und konnten auch prima über alles reden – genau deshalb wusste ihre Mutter auch, dass Charlie noch sehr wenig Erfahrung mit Jungs gesammelt hatte und bisher über Küsse und ein paar vorsichtige Streicheleinheiten nicht hinausgegangen war. Weil sie es selbst nicht gewollt hatte. Umso weniger verstand Charlie, warum sie ihr nicht einfach vertraute.

»Charlotte, bitte. Diese Diskussion führt nirgendwo hin. Du denkst vielleicht, dass du Maxim kennst, aber das stimmt nicht. Er ist neunzehn. Das ist etwas anderes! Er wird Dinge von dir wollen, die … du vielleicht noch gar nicht möchtest. Und dann bist du dort und landest in einer Situation, in der ich dir nicht helfen kann. Oder Papa.« Sie schüttelte den Kopf. »Ich verstehe deinen Wunsch und ich respektiere ihn auch. Wärst du nicht allein und würdest du mit deinem Bruder oder … oder mit Theo dorthin fahren, dann wäre es etwas anderes.«

»Mit Theo?« Kurz blitzte das Bild auf von Theo und Maxim einträchtig am Strand nebeneinander – mit Charlie in der Mitte. Dabei war Maxim zwar merkwürdig unscharf, aber Theo dafür umso präsenter. Beinahe hätte sie gelacht. Mit Theo zu Maxim – so eine blöde Idee konnten auch nur Eltern haben.

»Ja, mit Theo. Er ist nämlich wirklich dein Freund. Was ist so schlimm an meiner Frage?« Ihre Mutter hatte einfach keine Ahnung.

»Halte ihn einfach da raus«, sagte Charlie bissig.

»Gut, ich halte Theo raus. Das ändert aber gar nichts.

Du fährst nicht nach Nizza. Und deinen Vater brauchst du übrigens gar nicht erst fragen, denn dieses Nein gilt für uns beide.« Sie sah ihrer Tochter fest in die Augen.

»Mama!« In ihrem Magen schlug ein Feuerball aus Wut Purzelbäume. Am liebsten hätte Charlie mit dem Fuß aufgestampft. »Ich will nach Frankreich!«

»Ja, und ich will Weltfrieden«, antwortete ihre Mutter prompt. »Manche Dinge laufen eben anders, als wir sie uns wünschen. Du hast noch sehr viel Zeit zu reisen, Charlie. Nach dem Abitur zum Beispiel. Von mir aus kannst du auch gern wieder einmal allein losziehen. Oder mit Anouk … oder auch Theo?«

»Theo, Theo, Theo. Geh du doch mit ihm, wenn du ihn so toll findest! Und überhaupt: Woher weißt du, dass er nicht auch irgendwas macht, was ich nicht will?« Ihre Wut, die gerade eben erst in Resignation umgeschlagen hatte, flammte wieder auf und richtete sich gegen Theo, der in den Augen ihrer Mutter der ideale Freund und das moralisch leuchtende Vorbild für alle Jungs war, die sich Charlie nur auf hundert Meter näherten – auch wenn ihr bewusst war, dass er im Grund absolut nichts dafür konnte.

»Jetzt lass gut sein, Charlotte, bevor du weiterhin Dinge sagst, die du später bereuen könntest. Je unverschämter du mit mir sprichst, umso klarer ist mein Entschluss: Nizza wird es diese Ferien nicht geben. Du hast einen tollen Job bei Toni und er verlängert ihn bestimmt nach den zwei Wochen noch, wenn du ihn bittest, oder du verlängerst nicht und kommst mit Papa und mir für eine Woche ins Allgäu zum Wandern. Das wäre doch auch ganz schön.«

»Das wäre die Hölle«, knurrte Charlie. »Dann setzt mich lieber für die kompletten Ferien auf der kleinen Insel aus, bevor ich mit euch eine Woche in den Urlaub fahren muss! Danke, aber nein danke. Tolle Ferien sind das. Echt super. Was für eine Belohnung für mein gutes Zeugnis! Und mega, dass ihr gefragt habt, was Johann und ich gern in den Ferien machen wollen! Ihr denkt auch nur an euch!«

»Wir haben euch gefragt, erinnerst du dich?« Nun lächelte ihre Mutter wieder. Sie hatte ja auch gewonnen. Das gefiel ihr natürlich. »Dieses Jahr ihm Frühjahr, als Papa und ich wussten, wann wir wegfahren können.«

Ja, Charlie erinnerte sich. Da stand sie auch noch auf einer Fünf in Französisch und war fest davon überzeugt gewesen, dass ihre Eltern sie mit allergrößter Begeisterung wieder nach Nizza schicken würden. Woher hätte sie da schon wissen sollen, dass aus den schönsten Sommerferien die beschissensten aller Zeiten werden würden?

9

DAS LEBEN IST VOLLER ÜBERRASCHUNGEN (LUCY VAN PELT)

Immer noch wütend drehte Charlie ihr Handy in den Händen und starrte an die Decke. Wieder einmal lag sie auf ihrem Bett, während draußen die Sonne schien und sich vermutlich kein Mensch freiwillig drinnen aufhielt. Es sei denn, er (oder in diesem Fall sie) musste nachdenken. Und es sei denn, unten im Haus, auf der Terrasse oder im Garten bestand die Gefahr, auf Charlies Mutter zu treffen, und das war für mindestens vierundzwanzig Stunden keine Option. Außerdem war die Sonne extrem schwer zu ertragen, weil sie doch nur Erinnerungen und Sehnsüchte an etwas weckte, das Charlie nicht haben konnte. Verdammt! Sie schlug mit der Faust auf ihre Bettdecke, was noch nicht einmal ein richtiges Geräusch machte, dabei hätte sie so gern Krach oder besser noch etwas kaputt gemacht, Dinge durch die Gegend geworfen oder vielleicht sogar geweint, einfach weil es ihrem Ärger angemessen war. Sie verzog das Gesicht. Ihrem Alter war es allerdings alles andere als angemessen, weshalb sie es unterließ. Nicht dass ihre Mutter reinkam und ihr noch mal einen Vortrag hielt. Das hätte ihr gerade noch gefehlt. Theo war Radfahren, Anouk hatte Dienst bei Toni und Johann war dementsprechend wahrscheinlich auch am See. Ihre Mutter telefonierte unten mit Charlies Vater, vermutlich um ihm von ihrem Streit und der Entscheidung zu erzählen, damit er nicht schwach wurde, sollte Charlie ihr Glück auch bei ihm versuchen. Aber das würde sie nicht. Gut, sie hatte darüber nachgedacht, aber … irgendwie hatte sie auch ihren Stolz. Was für ein Mist! Sechs Wochen zu Hause! Charlie wusste, wie unfair es ihren Freunden gegenüber war, die alles taten, um Charlie in ihre gute Laune mit einzubinden, aber sie fühlte sich eingesperrt und gefangen und von der Vorfreude auf die Ferien war nichts, aber auch gar nichts übrig geblieben. Sogar ihr Geburtstag schien schon Wochen her zu sein.

Sie wachte von dem lauten »Pling« auf, mit dem ihr Handy eine neue Nachricht ankündigte. Die Sonne schien zwar in ihr Zimmer, aber schon nicht mehr ganz so hell, und Charlie musste sich für einen kurzen Moment orientieren. Sie lag also mitten am Tag im Bett, hatte einen fürchterlichen Geschmack im Mund, verquollene Augen und Kopfweh. Schmerzhaft fiel ihr der Streit mit ihrer Mutter wieder ein. Sie bemühte sich, ihn sofort beiseitezuschieben, und als sie ihr Handy entsperrte und entdeckte, wer ihr geschrieben hatte, ging es ihr tatsächlich gleich ein bisschen besser.

I_am_Schroeder

Hey, Charlie! Bist du da?

Snoopylove_04

Ja! ☺ Alles gut bei dir?

I_am_Schroeder

Klar doch! Hey, tut mir leid, dass du nicht nach Nizza fahren kannst. Ich hätte mich echt total für dich gefreut!

Snoopylove_04

☺ Ich mich auch. Aber wieso nur für mich? ☺

I_am_Schroeder

Oh ... na klar: Für mich schon auch ;)
Ich muss dir echt was sagen, Charlie Brown!

Snoopylove_04

Okay?

I_am_Schroeder

Ich ...

In diesem Moment fiel es ihr siedend heiß ein: Was für ein Tag war heute? Und um Himmels Willen: Wie viel Uhr?

Snoopylove_04

Oh nein, Schroeder! Ich hab total verpennt! Muss sofort los! Lass uns später schreiben, okay? Ich freu mich schon!
XX, Charlie

I_am_Schroeder

☺ ☺ ☺ Oh Mann, Charlie, nicht dein Ernst, oder? ☺ <3 Wir schreiben später. <3 XXX, dein Schroeder.

Verdammt! Um 16 Uhr sollte sie Anouk bei Toni ablösen und es war schon kurz nach halb. Hastig strich Charlie noch einmal über das Herz, das Schroeder alias Maxim ihr geschickt hatte, und sprang schnell aus dem Bett. Sie stolperte beinahe über ihre eigenen Füße auf dem Weg ins Bad, weil ihr vom schnellen Aufstehen schwindelig war. Aber ihre Stimmung hatte sich dank Maxim deutlich verbessert. Am liebsten hätte sie sich wieder ins Bett gelegt und weiter mit ihm geschrieben, stattdessen stand sie nun im Bad und starrte auf ihr eigenes Spiegelbild. Es wäre sicher sinnvoll gewesen, eine Dusche zu nehmen, verpennt wie sie war, aber das würde wohl kaum den Kissenabdruck aus ihrem Gesicht verschwinden lassen, der ihre Wange aussehen ließ, als wäre sie zweigeteilt. Na prima!

Keiner war zu Hause gewesen, als sie ging, und das war vermutlich auch besser so. Als sie um kurz vor vier bei Toni ankam, hatte sich ihr »Hallo, ich bin Charlie, total verpennt und habe auf die Schnelle die Bürste nicht gefunden«-Look zwar nicht großartig geändert, ihre Laune aber schon. Es war einfach nicht möglich, im Sommer andauernd schlecht drauf zu sein, selbst wenn ihre Mutter sie für ein kleines Kind hielt, das nicht selbst auf sich aufpassen konnte.

Außerdem, dachte sie trotzig, als sie ihr Fahrrad abschloss, war Aufgeben einfach keine Option.

Die Terrasse der Eisdiele war voll belegt und Charlie sah schon von Weitem, wie sich Anouk mit einem Tablett voller Cappuccino-Tassen einen Weg durch die Tische bahnte und dabei mit den Gästen scherzte. Charlie winkte ihr kurz zu und nahm dann den Weg zum Hintereingang. Anna wedelte zur Begrüßung mit ihren mehligen Händen und strahlte, als hätte sie eine verlorene Tochter wochenlang nicht gesehen.

»Ciao, cara Carlotta! Tanti auguri, zu deinem Geburtstag nachträglich! Hast du schön gefeiert?« Sie hatte sich ein weißes Küchentuch um den Kopf gebunden und Mehl an der Nase. Als sie Charlie in eine Umarmung zog, wusste sie, dass sie Mehlabdrücke auf ihrem schwarzen T-Shirt haben würde, aber das war ihr egal. Eine Umarmung war genau das, was sie gerade brauchte.

»Es war super, Anna«, antwortete sie. »Und danke noch mal für das Überraschungseis.«

»Ach, das Eis …« Anna winkte ab. »Wichtig ist nur, dass man aneinander denkt. Stimmt's, kleine Carlotta?« Charlie lächelte. Wie recht sie damit hatte.

Sie schnappte sich eine Schürze vom Haken, während sich Anna wieder dem Teig zuwandte. Der Duft von frischen Kräutern und der immer auf dem Herd vor sich hin blubbernden Tomatensoße hing schwer in der Küche, und sofort lief Charlie das Wasser im Mund zusammen.

Toni schob den Vorhang aus Kugelschnüren beiseite, der die Küche mit der winzigen Gaststube verband. Dort saß zwar nie jemand, es sei denn, irgendwelche Badegäste wurden von einem plötzlichen Regen überrascht, aber selbst dann hatten nicht mehr als zehn Leute Platz.

»Ah, Carlotta! Wie schön, dass du da bist!« Toni wischte sich mit einem riesigen rot-weiß karierten Küchentuch über die Stirn und kam dann zu ihr, um ihr noch einmal persönlich nachträglich zum Geburtstag zu gratulieren, sie zu umarmen und ihr jeweils einen Kuss auf die Wange zu drücken. Egal wie voll das »Bertazzoni« war, so viel Zeit musste sein. Als er allerdings direkt vor ihr stand, stutzte er und schob sie auf Armeslänge von sich. »Aber was ist mit dir passiert, Carlotta?« Besorgt beäugte er ihre Wange. »Hat dich etwas angegriffen?« Er kniff die Augen zusammen und tippte mit seinem dicken Zeigefinger auf die Kissenfalte, die ganz bestimmt immer noch sehr deutlich sichtbar war. Dann schüttelte er den Kopf und zwinkerte ihr zu. »Ich mache nur Spaß. Du hast geschlafen, weiße ich doch. Aber …« Er zog sie wieder an sich und sah ihr prüfend in die Augen. »… wenn junge Mädchen im Sommer mitten am Tag schlafen, das iste nicht gut. Sie sollen tanzen und lachen und fröhlich sein. Wenn sie schlafen, dann nur weil sie entweder zu viel getanzt und gelacht haben oder weil sie traurig sind. Biste du traurig, cara mia?« Toni war mit seiner lauten Stimme und seinem fröhlichen Lachen die gute Stimmung in Person. Charlie hatte ihn noch nie mies drauf oder erschöpft erlebt, und er fand es unverzeihlich, wenn irgendjemand in seiner Nähe nicht ebenfalls vor guter Laune sprühte. Vielleicht war es so, dass man eine sehr gute Menschenkenntnis bekam, wenn man in der Gastronomie arbeitete, jedenfalls hatte Toni sie absolut durchschaut. Blöde Kissenfalte.

»Alles gut, Toni. Ich war nur noch müde von der Nacht auf der Insel«, antwortete sie und fragte sich im selben Moment, warum sie log. Ihr war die Situation unangenehm und nun wollte sie einfach nur schnell nach draußen. Da alles voll war, konnte Anouk jede Hilfe gebrauchen, und sie sollte deshalb wohl Toni besser nicht ihr Leid klagen, sondern zusehen, dass sie rauskam.

Toni beobachtete sie. »Da bin ich aber froh, kleine Carlotta«, sagte er und lächelte sie an, während er zwei Teller mit Annas frisch gemachten Panini mit gegrilltem Gemüse und Parmesan auf ein Tablett stellte und es Charlie in die Hand drückte. »Tisch drei, per favore. Die zwei Damen ganz vorn am Wasser.«

Sofort lief Charlie das Wasser im Mund zusammen. Sie freute sich schon drauf, wenn ihre Schicht zu Ende war und Anna auch für sie so eine Köstlichkeit zubereiten würde. Dass sie so viel essen und trinken durften, wie sie wollten, war mit das Beste an ihren Diensten bei »Bertazzoni«. Abgesehen von Anna und Toni selbst und davon, dass ihre Freunde auch hier waren. Apropos: Im Vorbeigehen schielte sie auf den Arbeitsplan. Theo war mit ihr eingeteilt, und wie sie ihn kannte, war er schon längst da. Beinahe schämte sie sich jetzt dafür, dass sie sich vorhin in diesem bescheuerten Gespräch mit ihrer Mutter so abfällig über ihn geäußert hatte. Was konnte er denn dafür, dass ihre Mutter ihn mochte? Und außerdem war das schließlich nichts Schlechtes, sondern ganz im Gegenteil: ein großes

Glück. Dass er sich nicht so richtig über Maxims Nachricht mitgefreut hatte, lag bestimmt an ihrem Gespräch auf der Insel. Sie konnte es ihm nicht verdenken, dass er misstrauisch gegenüber Maxim war. Er wollte sie sicher nur vor einer Enttäuschung beschützen. Das würde doch jeder beste Freund tun. Sie selbst eingeschlossen. *Also los, Charlie Brown,* ermunterte sie sich selbst: *Weg mit der schlechten Laune, und zwar ein bisschen pronto!*

Charlie probierte ein Lächeln. Wie sagte Linus van Pelt immer so passend? *Nicht jeder Tag ist schön. Aber an jedem Tag gibt es etwas Schönes.*

»Hey, Theo!« Vorsichtig balancierte sie das Tablett mit den Panini an ihrem Freund vorbei, der gerade an den Liegestühlen Getränkebestellungen aufnahm und über einen Witz lachte, den Elies gerade gemacht hatte. Sie saß dort mit ihrer kompletten Clique: Paula, Jana, Sophie und Nini. Alle fünf waren nicht nur nett, sondern auch ziemlich hübsch – zumindest, wenn man auf den eher püppchenhaften Insta-Schönheitentyp stand, und da gab es einige. Charlie kannte sie aus der Schule und hatte eine Weile mit Elies im selben Verein Volleyball gespielt. Sie hatten auch schon nebeneinander am See gelegen, aber abgesehen vom Volleyball hatten sie noch nie so richtig was miteinander zu tun gehabt. Vielleicht weil sowohl die fünf als auch Charlie, Theo, Anouk und neuerdings auch Johann so ein eingeschworenes Team waren.

Sie winkten Charlie fröhlich zu. Ganz im Gegensatz zu Theo. Er drehte sich nur kurz zu ihr um und murmelte ein knappes »Hi«, bevor er sich wieder seinen Gästen widmete.

Was war denn mit dem los? Ohne ihr Tablett oder die beiden Damen aus den Augen zu lassen, die sie offensichtlich schon sehnsüchtig erwarteten, zuckte sie mit den Schultern. Vielleicht hatte jemand eine komplizierte Bestellung aufgegeben oder, noch wahrscheinlicher, irgendeine von den fünfen hatte begriffen, was für ein toller Typ Theo war, und er war unsicher, wie er damit umgehen sollte. Charlie wusste, wie unbehaglich sich ihr Freund fühlte, wenn man ihn anstarrte. Er war vermutlich der einzige Kerl, der mit zu viel Aufmerksamkeit nicht umgehen konnte. Unauffällig schaute sie sich noch einmal um. Bingo! Elies verschlang ihn beinahe mit den Augen und die Dezibelzahl, die das fünffache Kichern nach einem Scherz von ihm erreichte, war mit ziemlicher Sicherheit schon beinahe so hoch wie bei einem Flugzeugstart. Kurz spürte sie ein schmerzhaftes Ziehen in ihrer Herzgegend, das sie sofort beiseiteschob. Nein, sie war nicht eifersüchtig. Ganz im Gegenteil. Sie gönnte Theo jedes Liebesglück, das er haben konnte. Wirklich! Auch wenn er selbst offensichtlich wenig damit anfangen konnte und es sich merkwürdig anfühlte, ihn sich mit jemand anderem vorzustellen. Erst recht, wenn es sich dabei um Elies handelte. Plötzlich fand Charlie sie überhaupt nicht mehr so hübsch. Und ihr Kichern auch irgendwie … künstlich. Und überhaupt: War ihr Verhalten nicht ziemlich aufdringlich? Kein Wunder war Theo so genervt.

»Fräulein?« Verdammter Mist. Die Panini! Nun hatte sie das Tablett in ihrer Hand doch noch vergessen. Schnell ging sie zu den beiden Damen, die sie anscheinend die ganze Zeit beobachtet hatten. Zum Glück schienen sie nicht böse zu sein. Trotzdem: Vor lauter Theo-Fanklub-Beobachtung ihren Job zu vergessen, ging ja gar nicht.

»Entschuldigen Sie bitte, ich war … ich hatte … es … tut mir leid«, sagte sie schnell, als sie den beiden die Teller hinstellte. Und sie schickte noch ein besonders freundliches Lächeln hinterher.

»Schon gut, Kindchen.« Eine der beiden Damen legte verschwörerisch grinsend ihre Hand auf Charlies. »Man soll ja sowieso nicht so heiß essen, nicht wahr?« Sie kicherte. »Er ist aber auch ein schmucker junger Herr, ihr Freund«, sagte sie ein wenig leiser, sodass es außer Charlie glücklicherweise niemand hören konnte.

»Er ist nicht mein Freund«, antwortete Charlie ebenfalls leise. Zu allem Überfluss wurde sie dabei rot. »Also … nicht so jedenfalls.« War das nervig, wenn man seine eigene Körpertemperatur nicht unter Kontrolle hatte.

»Nicht?« Die Dame sah sie erstaunt an. »Ich hätte schwören können, dass er sie genauso beobachtet hat, als sie auf die Terrasse gekommen sind, wie sie ihn gerade eben.« Sie zwinkerte Charlie zu. »Aber ich kann mich natürlich auch getäuscht haben.« Sie wickelte ihr Besteck aus der Serviette. »So gut sind meine Augen dann auch nicht mehr. Aber eines kann ich trotzdem sehen: Sie wären ein schönes Paar!« Zufrieden säbelte sie ein großes Stück von ihrem Panino ab und steckte es in den Mund. »Mmmhm, ist das köstlich! Guten Appetit, Margret«, sagte sie zu ihrer Begleitung, die ebenfalls schon angefangen hatte zu essen.

Charlie nahm eine leere Wasserflasche vom Tisch und stellte sie auf ihr Tablett. »Lassen Sie es sich schmecken«, sagte sie und drehte sich hastig um, nur um tatsächlich direkt in Theos Augen zu schauen, dessen nachdenklicher Blick ihr wohl wirklich gefolgt war. Sein Gesichtsausdruck war grimmig und hatte mit dem Theo-Gesicht, das ihr so vertraut war, nichts gemeinsam. Seltsam. Irgendetwas stimmte hier ganz und gar nicht. Bis gerade eben hatte er doch noch mit Elies und Co gescherzt. Hatte er sich etwa über sie geärgert? Und wenn ja, warum?

Als sie sich kurz darauf in der Küche begegneten, hielt sie ihn für einen Moment an seinem T-Shirt fest. »Hey, Theo, alles okay? Was ist los mit dir?«, fragte sie und versuchte, seinen Blick mit ihrem festzuhalten, aber Theo wich ihr aus.

»Nichts«, sagte er schnell und versuchte, sich an ihr vorbeizuschieben.

»Nichts?« Fassungslos ließ sie zwar sein Shirt los, aber obwohl er bereits im Begriff war, sein Tablett mit den Drinks für seinen neuen Fanklub zu beladen, ließ sie ihn so nicht gehen. Sie hatten sich Ehrlichkeit geschworen, schon ganz am Anfang ihrer Freundschaft. Und auch wenn es manchmal wehtat, so hatte es ihre Freundschaft auch durch schwierige Zeiten getragen. Nur wegen ein paar kichernder Blondinen war Charlie jedenfalls nicht bereit, nun darauf zu verzichten.

»Was für ein Nichts?«, wiederholte sie. »Ein ›Ich habe mich über Charlie geärgert‹-Nichts? Ein ›Meine Mutter ist doof‹-Nichts? Oder ein ›Ich finde Elies toll und weiß nicht, wie ich es meiner besten Freundin sagen soll‹-Nichts?«

»Ein ›Ich finde Elies toll‹-Nichts?« Er schüttelte den Kopf.

»Du hast echt zu viel Fantasie, Charlie Brown. Was soll denn schon sein? Bisschen viel los vielleicht?« Wieder versuchte er, sich an ihr vorbeizuschieben. »Ach ja, apropos Elies: Sie hat mich gefragt, ob wir später noch eine Runde Flutlicht-Beachvolleyball gegen sie und ihre Freundinnen spielen wollen. Also ich.« Er starrte auf sein Tablett, als müsse er die Drinks allein mit seinem Blick festhalten. »Sie haben gesagt, du könntest natürlich auch gern mitkommen.« Nun sah er auf. »Willst du? Also, wenn du nichts Besseres vorhast?«

Charlie kniff die Augen zusammen, aber auch so konnte sie nicht klarer sehen. Was war nur mit ihm los? *Wenn sie nichts Besseres vorhatte?* Was wollte er denn damit sagen? Sie hatte sich sehr darauf gefreut, nach der Schicht mit ihm noch was zu unternehmen und ihm vielleicht sogar ihr Herz über ihre Mutter und ihren endgültig geplatzten Nizza-Traum auszuschütten, aber sie spürte, dass er sie nicht dabeihaben wollte. Nun gut, wenn er lieber was mit Elies machen wollte als mit ihr? Bisher war es nie eine Frage gewesen, ob sie nach ihren Schichten zusammen abhingen, aber … irgendwas war verrutscht und sie konnte überhaupt nicht greifen, was es war. Dass er von den Mädchen genervt war, schien es jedenfalls nicht zu sein.

»Passt schon«, sagte sie und hörte selbst, wie schnippisch und blöd sie klang.

10

NICHT MEIN TAG (WOODSTOCK)

Auch wenn sich Charlie vorgenommen hatte, ihn nicht zu beobachten, sondern ihm sein Glück zu gönnen, konnte sie nicht aufhören, in jeder ruhigen Minute, die ihr das »Bertazzoni« ließ, immer wieder zu Theo und den fünf Mädchen zu schauen. Sie redete sich ein, dass sie ja auch laut genug waren und dass sie nur sehen wollte, wie Theo sich machte. Schließlich waren die fünf nicht irgendjemand, sondern die heißesten Girls aus der Stufe. Zumindest, wenn man die Jungs reden hörte. Johanns Kumpels standen alle auf sie. Und was auch immer ihren Bruder davon überzeugt hatte, dass Anouk seine Herzdame werden sollte, so hatte er doch auch im letzten Jahr immer wieder von Elies und Co angefangen.

Charlie schüttelte über sich selbst den Kopf. War sie etwa doch eifersüchtig? Anstatt ihrem besten Freund auch ein wenig Liebesglück zu gönnen, nachdem sie selbst Maxim gefunden hatte, stalkte sie ihn und wünschte sich, dass die fünf sich alle noch rechtzeitig vor dem Volleyballspiel den Magen verdarben oder die Füße verstauchten oder am besten beides auf einmal. Charlie fand sich selbst armselig. Schnell fischte sie ihr Handy aus der Hosentasche, bevor die nächste Bestellung fertig war, um nachzusehen, ob sie eine neue Nachricht von Maxim bekommen hatte. Das wäre jetzt die ideale Aufmunterung gewesen, allerdings hatte sie ihm ja quasi gesagt, dass sie sich später melden würde, also … würde sie das auch tun. Es fühlte sich gut an, sich sicher sein zu können, dass alles in Ordnung war. Sie vertraute Schroeder. Seine Nachrichten hörten sich aufrichtig an. Und sie war schon sehr gespannt darauf, was er ihr so Dringendes zu sagen hatte. Bis dahin konnte sie wenigstens dafür sorgen, dass Theo einen schönen Abend hatte. Das hatte er nämlich mehr als verdient. Was war sie nur für eine Freundin? Er machte ihr Mut und unterstützte sie, und sie … würde es jetzt auch besser machen.

Charlie atmete tief durch und winkte den fünf Mädchen freundlich lächelnd hinterher, als die ihre Sachen packten und in Richtung Volleyballfeld aufbrachen. Sie wollte keine Zicke sein und außerdem wollte sie, dass Theo glücklich war.

Es war halb zehn. Noch eine halbe Stunde, bis Toni schloss. Die Tische hatten sich schon ein wenig geleert und die meisten Gäste, die noch da waren, wollten nichts mehr bestellen, sondern nur noch bezahlen. Toni und Anna hatten auch schon angefangen aufzuräumen.

Theo stellte gerade Teller in die Spülmaschine, als Charlie mit einer Ladung Gläser in die Küche kam.

»Hey, Theo!« Charlie legte ihm die Hand auf den Arm. »Ich mach das fertig. Los, geh schon.« Sie lächelte ihn an und hoffte, er würde zurücklächeln.

Tatsächlich zuckten seine Mundwinkel kurz nach oben, aber dann sah er wieder genauso mürrisch aus wie vorhin. »Oh, hey. Das ist … das ist … nett«, sagte er lahm. Er trocknete sich die Hände an seiner Schürze ab, bevor er sie abnahm. »Und du willst sicher nicht mitkommen?«

Er musste das fragen, schon klar. Und sie musste ablehnen, noch viel klarer.

»Nein, ich … hab noch was vor«, schwindelte sie und beugte sich schnell über die Spülmaschine, damit Theo nicht sehen konnte, wie rot sie wieder einmal wurde.

»Ah, okay, dann …« Er winkte Toni und Anna zum Abschied über die Schulter zu. »… dann geh ich mal. Bis morgen!«

Die Schnüre des Vorhangs raschelten leise, als er ging, ohne sich noch einmal umzudrehen. Toni sah Charlie verwirrt an und zuckte mit den Schultern. »Was iste heute bloß mit meine Kinder los?« Er schüttelte den Kopf. »Das gefällt mir nichte. Nein, absolute nichte.«

Selbst als es zehn Uhr war und das »Bertazzoni« offiziell geschlossen hatte, blieben wie immer ein paar Gäste so lange sitzen, bis wirklich alles ab- und aufgeräumt war.

Charlie mochte die Abendstimmung, wenn der See dunkel vor ihr lag, nur noch die Lichterketten in dem großen Baum neben Tonis Terrasse mit den Kerzen auf den Tischen um die Wette leuchteten, und es langsam immer stiller wurde, weil nur noch Toni, Anna und sie da waren. Und normalerweise auch noch Theo. Oft saßen sie dann selbst noch ein bisschen an einem der Tische und aßen irgendwelche superleckeren Reste, die Anna auf ein paar Teller gepackt hatte. Aber heute nicht. Heute hörte sie die fröhlichen Schreie und Anfeuerungen vom Volleyballfeld. Plötzlich war Charlie der Hunger von vorhin vergangen, obwohl sie heute noch kaum etwas gegessen hatte. Sie wollte einfach nur nach Hause.

Charlie schnappte sich ihr Rad und schob es die ersten paar Meter, bis sie das vom Flutlicht erhellte Feld sah und natürlich auch alle Spieler. Elies, Paula, Jana, Sophie und Theo auf der einen Seite und Anouk, Johann, Nini und Seppi, einer von Johanns Freunden, auf der anderen. Sie hatten offensichtlich sehr viel Spaß. Das Lachen hatte man immerhin schon bis auf Tonis Terrasse gehört, und jetzt, da Charlie mehr oder weniger direkt am Spielfeldrand stand, hatte sie das Gefühl, Zuschauer bei mehr zu sein als nur einem Volleyballspiel. Ein stechender Schmerz bohrte sich in Charlies Brust. Sie fühlte sich wie ein Außenseiter in ihrem eigenen Leben. Klar hätte sie einfach rübergehen und die Fünfte in Johanns Team sein können, aber sie konnte sich nicht bewegen. Sie gehörte einfach nicht dazu. Keiner von ihnen wollte irgendwo anders sein, während Charlie sich wie verrückt nach Nizza sehnte. In diesem Moment mehr denn je.

Obwohl sie außerhalb des Lichtes stand, schaute Theo auf. Er kniff die Augen zusammen und für einen kurzen Moment hatte sie das Gefühl, ihre Blicke würden sich treffen. Prompt bekam er den Ball an den Kopf und alle lachten. Er bat um eine kurze Auszeit. Hatte er sie wirklich gesehen?

Als er völlig außer Atem vor ihr stand, roch sie seinen persönlichen Theo-Geruch, der ihr so vertraut war. Diese Mischung aus Waschpulver plus Sonne plus … Theo eben. Vielleicht gehörte sie ja nicht zu allen, die dort spielten, aber zu ihm gehörte sie auf jeden Fall. Er erwiderte ihr Lächeln.

»Hey, bist du sicher, dass du nicht doch mitspielen willst?«, fragte er und stützte sich auf den Knien ab, um zu Atem zu kommen, bevor er sich wieder aufrichtete. Dieses Mal sah er ihr direkt in die Augen. »Sorry für vorhin. Ich weiß auch nicht, warum ich so mies drauf war.« Er zuckte mit den Schultern und grinste entschuldigend. »Aber auch ein Sonnyboy wie ich hat halt mal schlechte Laune.« Er strubbelte sich selbst durch die Haare und legte den Kopf schräg. »Würd' mich echt freuen, wenn du mitmachst, Charlie Brown.«

Sie grinste ebenfalls. Es war schön, dass es ihm offensichtlich wieder besser ging und was auch immer es war, nicht mehr zwischen ihnen stand.

»Sonnyboy?« Sie musste lachen. Das war echt ein komisches Wort aus seinem Mund. »Für mich bist du Pig Pen, schon vergessen?«

»Nein, wie könnte ich? Auch wenn ich immer gedacht habe, ich sei jemand anderes.« Er lächelte vorsichtig.

»Echt jetzt? Wer denn zum Beispiel? Lucy van Pelt vielleicht? *Ich habe noch nie in meinem Leben einen Fehler gemacht*«, zitierte sie Charlie Browns Freundin. »*Einmal dachte ich, es wäre so weit. Aber ich habe mich geirrt.*« Sie lachte und Theo lachte mit, obwohl es sich ziemlich gequält anhörte.

Aber vielleicht war er auch einfach nur immer noch außer Atem.

»Noch mal danke für die Einladung. Aber wie gesagt, ich hab noch etwas vor«, setzte Charlie nach und Theo nickte.

»Okay, wie du meinst. Schade.«

Auch wenn das Licht nicht wirklich bis zu ihnen reichte, bemerkte sie seine Enttäuschung.

»Ja, ich … Maxim … wir wollten … telefonieren«, nuschelte sie und schämte sich sofort. Es gab überhaupt keinen Grund, Theo so etwas zu erzählen, geschweige denn ihn anzulügen.

»Telefonieren?« So dunkel, dass sie nicht sehen konnte, wie er plötzlich blass geworden war, war es dann aber auch nicht.

»Ja, warum nicht?«

»Äh, das … ich …«, stammelte er. »Echt … schön für dich, oder? Ich meine … das … darauf wartest du doch schon so lang!«

»Alles okay?« So langsam machte sich Charlie beinahe Sorgen um ihren Freund. So schnell wechselte noch nicht einmal sie selbst ihre Stimmung, und Theo war normalerweise nicht so leicht aus der Fassung zu bringen.

»Kommst du, Theo?«, rief Elies vom Volleyballfeld und winkte.

»Bin gleich da!«, antwortete er und schenkte Charlie ein schiefes Lächeln, das sie ebenfalls nicht einordnen konnte.

»Also dann, Charlie Brown: Sag ihm viele Grüße.« Er machte ein paar Schritte in Richtung Spielfeld, bevor er sich noch mal umdrehte und ein leises »Nicht« ergänzte.

»Nacht, Theo«, antwortete Charlie. »Bis morgen.«

Das Flutlicht hatte Theo erfasst und er leuchtete geradezu. Charlie wurde es ganz warm ums Herz, als er doch noch einmal stehen blieb. Plötzlich sah Charlie den beinahe erwachsenen Theo vor sich und gleichzeitig den Jungen, mit dem sie gemeinsam Hand in Hand in den Kindergarten gegangen war. Ein Hauch Wehmut schlich sich in ihr Herz, als ihr klar wurde, dass nichts von alldem für immer war, und keiner wissen konnte, ob sie wirklich auf ewig Freunde bleiben würden. Maxim hatte schon dafür gesorgt, dass in ihren Gedanken und ihrem Herzen nicht mehr nur ausschließlich Theo wohnte – und was würde werden, wenn Elies und Theo tatsächlich zusammenkommen würden? Zum Glück unterbrach Theo ihre Grübeleien.

»Morgen haben wir wieder Spätschicht zusammen, stimmt's? Wollen wir vielleicht davor schwimmen gehen?«

»Blöde Frage! Na klar wollen wir das.« Sie lächelte. Wenn Theo nach wie vor mit ihr schwimmen gehen wollte, war alles gut. »Holst du mich ab?«, rief sie erleichtert.

Er nickte und winkte ihr im Umdrehen noch einmal zu, bevor er endgültig in seine Mannschaft zurückkehrte.

Für einen Augenblick sah sie ihm nach. Zuerst noch ein bisschen wehmütig, aber dann hätte sie beinahe gelacht: Die Badehose, die er trug, hatte er schon letztes Jahr gehabt, nur war sie ihm da noch beinahe bis zu den Knien gegangen. Jetzt waren es definitiv ziemlich kurze Shorts.

11

ERSTAUNLICH OFT STEHE ICH NEBEN MIR UND SCHAUE IRRITIERT ZU, WAS ICH DA SO MACHE. (SNOOPY)

Snoopylove_04

> Hey, Schroeder, bist du da?
>
> Schroeder?
>
> ...
>
> SCHROEDER?
>
> ...
>
> ...
>
> Maxim?

Sie musste eingenickt sein, denn als endlich ein lautes »Pling« die ersehnte Nachricht ankündigte, schrak Charlie regelrecht hoch und musste sich, wie heute Nachmittag schon, wieder erst einmal orientieren. Es war kurz nach Mitternacht. Unten in der Küche rumpelte es laut. Vermutlich Johann, der gerade vom Volleyballspielen zurückgekommen war und noch Hunger hatte.

I_am_Schroeder

Hey, Charlie Brown, bist du da?

Snoopylove_04

Klar bin ich da ☺ Alles gut?

I_am_Schroeder

Alles bestens. Sorry, dass ich vorhin nicht antworten konnte, ich war mit ein paar Freunden unterwegs.

Snoopylove_04

Kein Problem, ich war auch erst spät zu Hause ☺
Hab mit meiner Clique Flutlicht-Volleyball gespielt.

Es entstand eine Pause, während das Wort *»schreibt«* auf dem Display anzeigte, dass Schroeder tippte. Währenddessen fragte sich Charlie, warum sie ihm das mit dem Volleyballspiel erzählt hatte. Es war nicht notwendig gewesen zu schwindeln, und sie fühlte sich merkwürdig ertappt. Unruhig ging sie in ihrem Zimmer auf und ab und schaute aus dem Fenster. Bei Theo war alles dunkel. Ob er noch mit den anderen unten am See war? Oder inzwischen allein mit Elies? Womöglich am Steg? Charlie bemühte sich, das Bild vom lachenden Theo und der ihn anhimmelnden Elies nicht allzu dreidimensional werden zu lassen, denn für sie hatte es schließlich keine Bedeutung. Und trotzdem gefiel es ihr nicht. Die Mädchen hatten genügend eigene Freunde, da mussten sie nicht auch noch Charlies haben. Sie würde Johann später oder morgen früh unauffällig aushorchen. Aushorchen. Wie das klang! Ihr Magen grummelte. Das hatte sicher nur etwas damit zu tun, dass sie vor lauter Grübeln, was mit ihrem besten Freund los sein könnte, vergessen hatte zu essen.

Schroeder hatte aufgehört zu schreiben. Auch die drei Pünktchen tanzten nicht mehr. Sie überlegte, ob sie kurz in die Küche gehen sollte, um sich was zu essen zu holen. Dann konnte sie Johann auch gleich fragen, ob Theo …

I_am_Schroeder

Hey, Charlie Brown, bist du noch da?

… egal. Das Essen konnte warten und Johann würde sie spätestens morgen wiedersehen.

Snoopylove_04

Ja, bin da. ☺

I_am_Schroeder

Noch mal zu heute Mittag, Charlie, ich muss dir echt was Wichtiges sagen.

Snoopylove_04

Stimmt ich hab dich ja voll unterbrochen, tut mir leid! Also schieß los! ☺

I_am_Schroeder

Okay. Also, was ich dir sagen will, ist: Ich bin gar nicht Schroeder.

Snoopylove_04

Wie? Du bist nicht …? Wer bist du dann? Sag jetzt bloß nicht, dass du lieber Linus mit seiner Schmusedecke wärst. Sally, Charlie Browns kleine Schwester? Nein, warte, ich hab's: Du bist Woodstock, der kleine gelbe Vogel und Snoopys bester Freund! Oder vielleicht …

I_am_Schroeder

Charlie! Ich meine das ernst: Ich bin nicht Snoopys bester Freund, sondern deiner!

Snoopylove_04

<3 <3 <3 Aber das weiß ich doch!

I_am_Schroeder

Charlie, verdammt, du weißt gar nichts. Und ich weiß nicht, wie ich es dir sagen soll.

Snoopylove_04

Was meinst du?

I_am_Schroeder

Ich bin in dich verliebt, seitdem ich dich das erste Mal gesehen habe.

Snoopylove_04

> Ha! Wenn das so ist, dann bist du definitiv Peppermint Patty ☺ ☺ ☺

Charlie musste lachen und war gleichzeitig unendlich glücklich. Sie erinnerte sich an viele Momente mit Maxim, in denen sie über irgendwas gelacht hatten, aber dass er so witzig sein konnte, war ihr nicht so richtig bewusst gewesen. Gleichzeitig war ihr Dialog total romantisch. Endlich hatte er ihr gesagt, dass er in sie verliebt war. Oh, wie lange hatte sie darauf gewartet! Und wie süß, dass er sich selbst als ihren besten Freund bezeichnete, auch wenn dieser Platz natürlich vergeben war. Theo Sonntag alias Pig Pen. Sie kicherte. Sie würde Maxim vielleicht ab jetzt manchmal einfach Peppermint Patty nennen.

12

PURE VERNUNFT DARF NIEMALS SIEGEN! (CHARLIE BROWN)

Snoopylove_04

> Guten Morgen, Schroeder (oder soll ich lieber Peppermint zu dir sagen? ☺) Ich hatte schon Angst, dass wir uns aus den Augen verlieren. Aber vielleicht ist es gar nicht wichtig, wie weit man voneinander entfernt ist (ich meine kilometermäßig), wenn man sich so gut versteht und mehr noch miteinander lachen kann. Dann fühlt es sich vielleicht sogar an, als würden wir nebeneinander an deinem Strand oder an meinem See sitzen und den Sommer miteinander verbringen, stimmt's? Also hab einen großartigen Tag und viel Spaß beim Surfen! XX, Charlie

Charlie war mit unglaublicher Energie und guter Laune aufgewacht. Nicht nur, dass sie von der Sonne geweckt worden war, die fröhliche Kringel auf ihre Bettdecke malte, nein, der Chat von gestern hatte ihr auch noch mal einen Extra-Kick gegeben. Sie schlug lächelnd die Decke zurück. Heute war endlich wirklich ein guter Tag für einen guten Tag.

Sie freute sich das erste Mal seit Ferienbeginn wieder so richtig auf die Stunden am See mit ihren Freunden, die sie dort gemeinsam vor oder nach ihren jeweiligen Schichten miteinander verbringen würden.

Von nun an würde sie sich nicht von der Tatsache unterkriegen lassen, dass sie eben nicht in Nizza war. Sie würde sich Maxim in Gedanken hierherholen und sich selbst nach Frankreich träumen, und wenn sie beide es wollten, würde es auch einen Weg geben, sich wiederzusehen. Schließlich war sie sechzehn und nicht fünf.

Sie warf sich ihr blau-weiß geringeltes Lieblings-T-Shirt über, schlüpfte in ihre Shorts und ging barfuß runter in die Küche, wo ihre Eltern am Küchentresen saßen, synchron in ihrem Kaffee rührten und sich wortlos die einzelnen Seiten der Tageszeitung hin und her reichten.

»Guten Morgen«, rief sie fröhlich und stellte ebenfalls Cornflakes, Milch und eine Müslischüssel auf den Tresen, bevor sie sich auf einem der Barhocker niederließ.

»Guten Morgen?« Ihre Mutter schaute erstaunt von ihrer Lektüre auf.

Charlie sah ihr an, dass sie mit einer beleidigten Tochter gerechnet hatte. Sie konnte es sich selbst auch nur so halb erklären, warum ihre Wut so schnell verraucht war, aber es war auch ihr so viel lieber, wenn sie sich mit ihren Eltern gut verstand, als wenn sie Streit hatten. Sie hoffte nur, dass ihre Mutter Charlies ausgelassene Stimmung nicht als Einladung verstand, noch mal über »den jungen Mann« zu reden. Charlies Laune war zwar super, aber das konnte sich sicher auch wieder ändern.

Und sie würde ihren Wunsch, Maxim zu sehen, nicht aufgeben, egal, was ihre Mutter sagte. Hoffnung war das eine Zauberwort. Vertrauen in das Schicksal das andere. Oder war es Optimismus? Egal. Sie hatte nur diese letzten Nachrichten von ihm gebraucht, um zu spüren, wie nah sie sich waren, und wieder daran zu glauben, dass sie zusammengehörten.

Belustigt nahm sie den Blick wahr, den sich ihre Eltern zuwarfen. Nein, keiner von beiden hatte mit einer gut gelaunten Charlie gerechnet, aber umso mehr schienen sie sich darüber zu freuen.

»Morgen, Schätzchen!« Charlies Vater legte die Zeitung weg. »Du siehst ja vielleicht fröhlich aus! Hast du heute was besonders Schönes vor?«, fragte er lächelnd.

»Ja, hab ich. Ich gehe mit Theo und den anderen an den See und dann bei Toni arbeiten«, antwortete sie. Es war vielleicht nicht absolut total besonders, aber irgendwie schon. Schließlich fühlte es sich endlich wieder so toll an, Ferien zu haben, wie bis zu dem Moment, als sie den Umschlag mit dem Führerscheingeld aufgemacht hatte.

Endlich konnte sie anfangen, den Sommer wirklich zu genießen.

Schnell löffelte sie ihre restlichen Cornflakes aus der Schüssel und drückte ihren verwunderten Eltern jeweils einen Kuss auf die Wange. »Ich muss los«, sagte sie und nahm sich zwei Äpfel aus der Obstschale. Plötzlich hielt sie es keinen Moment länger im Haus aus, auch wenn das bedeutete, dass Theo dann vergeblich klingeln würde, um sie abzuholen.

Sie wickelte ihren Bikini in das Snoopy-Handtuch und steckte es mit den Äpfeln, einer Wasserflasche, Sonnencreme und einer Powerbank in ihre Strandtasche. Noch mal würde sie nicht ohne Akku am See sitzen. Schon gleich gar nicht mehr jetzt, da Maxim und sie sich bestimmt öfter schreiben würden. Zumindest hoffte sie das. Kurz überlegte sie, ob sie ihren Bruder wecken sollte, aber dann ließ sie es sein. Wer wusste schon, ob tatsächlich er es war, der gegen Mitternacht nach Hause gekommen war, oder ob er noch viel länger mit allen anderen gestern am Steg gesessen hatte. Sternenhimmel und solche Abende durfte man nicht vergeuden, so viel war schon mal klar und ab heute war Charlie definitiv wieder dabei. Sie beschloss, auch nicht bei Anouk anzurufen oder selbst bei Theo zu klingeln. Selbst wenn sie als Erste am See war, so war das überhaupt nicht schlimm. Die anderen würden schon nach und nach dort eintrudeln und so hatte sie die Gelegenheit, noch ein bisschen vor sich hinzuträumen.

Als sie am See angekommen war, war sie praktisch allein, denn bis auf ganz hinten, wo das Ufer flach war und sich wie immer die Mütter mit ihren kleinen Kindern niedergelassen hatten, war noch niemand da. Der See und das Freibad lagen ganz still vor ihr und Charlie genoss die Sonne, die zu dieser Tageszeit noch sanft ihre Haut wärmte. Es war die beste Idee gewesen, sofort an den See zu radeln. Noch besser, kurz bei Anna und Toni reinzuschauen und Guten Morgen zu sagen. Die beiden waren schon fleißig am Teig kneten und Soße kochen, und als Charlie ihren Kopf durch die Tür streckte, schloss sie für einen Moment die Augen. Dieser Duft nach frisch gebackenen Hefeteilchen war einfach unvergleichlich. Sofort lief ihr das Wasser im Mund zusammen. Als sie die Augen öffnete, hielt ihr Anna bereits eines von den köstlich duftenden Gebäckstücken hin, das aussah wie ein Brötchen, abgesehen davon, dass es noch eine kleine Kugel obendrauf hatte.

»Buongiorno, Carlotta!« Sowohl Toni als auch Anna strahlten sie an. »Es geht dir besser, stimmt's? Das kanne ich sehen!«, rief Toni und schnaufte laut vor Begeisterung.

»Stimmt.« Charlie lächelte zurück und nahm einen großen Bissen von dem Gebäckstück. Es schmeckte genauso lecker, wie es roch und aussah. »Oh Mann, Anna, das ist das beste Brötchen, das ich je gegessen habe!«

»Eine Brötchen?« Empört stemmte sie die Arme in die Hüften. »Das ist doch keine Brötchen! Das ist eine Brioche! Kommte aus Sizilien. Na ja, ursprünglich kommte aus Frankreich, das sagen die Franzosen jedenfalls.«

»Aber wir Italiener sagen, erfinden kann jeder«, unterbrach Toni seine Frau. »Perfekt machen kanne nur … Anna!« Er lachte und drückte ihr einen laut knallenden Kuss auf die Wange.

»Sag, Carlotta, hat das was mit Teodoro zu tun?« Toni schaute sie prüfend an.

»Mit Theo?«, fragte Charlie verwirrt. Irgendwie kam sie mit Tonis Themenwechseln nicht ganz so schnell mit. »Was denn?«

»Na, deine gute Laune!« Er schüttelte den Kopf, als wäre Charlie schwer von Begriff.

»Ach so. Nein, mit Theo hat das nichts zu tun … Aber, wenn wir schon von ihm sprechen: Kann ich für ihn auch so ein … ein … Brö… Brioche haben?«

»Natürlich kannste du!« Grinsend hielt Anna ihr eine Papiertüte hin, in die sie nicht nur noch mal zwei Brioches, sondern auch eine Handvoll Aprikosen von ihrem eigenen Baum hinten im Garten gepackt hatte. Anna war unglaublich. Und Theo immer hungrig. Charlie freute sich schon auf sein Gesicht, wenn sie ihm ihre Beute präsentieren würde. Sie bedankte sich und winkte zum Abschied. »Bis später um vier. Ciao, ihr zwei!«

»Viel Spaß, Carlotta, und sagst du Grüße an Teodoro!«

Mit dem Briocheduft in der Nase, der Sonne auf ihrer Haut und ihrer linken Hand, die sie durchs Wasser gleiten ließ, träumte sie sich sofort wieder nach Frankreich. Allein der Name des Hefeteilchens entführte sie in die Boulangerie »Saint François«, die Bäckerei in der Rue di Rivoli und dann über den Marché aux Fleurs Cours Saleya, dem Blumenmarkt, wo sie das eine oder andere Mal gewesen war, weil sie diese Blumenmeere so unglaublich fand, an die Promenade des Anglais, an »ihren« Strandabschnitt und direkt in Maxims Arme.

Sie war wirklich kein Handy-Junkie, aber die Gelegenheit, allein am Steg zu liegen und ein Selfie zu machen, konnte sie auch nicht vorüberziehen lassen.

»Hey, Theo, wo bleibst du? Du fehlst!«, schrieb Charlie unter das Bild von sich, auf dem sie frech in die Kamera grinste. Es machte Spaß, ihm einen Schritt voraus zu sein und zu wissen, wie sehr er sich über die Tüte mit Annas Leckereien freuen würde. Eigentlich wollte sie beide Brioches für ihn aufheben, aber hoffentlich kam er auch wirklich bald, denn sonst würde sie vielleicht doch nicht widerstehen können.

Und dann schickte sie dasselbe Bild auch noch an Schroeder. »Wish you were here«, schrieb sie und ergänzte auf Deutsch und Französisch: »Wünschte, du wärst hier. J'aimerais que tu sois là«.

Ich bin auch sehr in dich verliebt, Peppermint Patty, Schroeder, Maxim, oder wer auch immer du sein möchtest, dachte sie glücklich. In ihrem Bauch schlugen die Schmetterlinge Purzelbäume vor Freude, gerade in dem Moment, als sie Theo auf sich zukommen sah.

13

WAS WÄRE, WENN WIR HEUTE EINFACH EINMAL DANKBAR WÄREN FÜR ALLES, WAS WIR HABEN? (CHARLIE BROWN)

Charlie winkte Theo vom Steg aus zu. Er schien noch nicht ganz wach zu sein, denn normalerweise war er ein bisschen schneller unterwegs. Als er vor ihr stand, sah er nur halb so glücklich aus, wie sie es erwartet hatte.

»Hey!«, sagte sie besonders fröhlich zur Begrüßung und strahlte ihn an. Vielleicht konnte sie ihn ja mit ihrer guten Laune anstecken, wenn er schon anscheinend nicht selbst so gut drauf war. »Wo warst du denn so lange? Und überhaupt, was für eine Laus ist dir denn über die Leber gelaufen?«

»Ich …« Er ließ sich neben sie auf ihr Handtuch plumpsen und faltete seine Beine in den Schneidersitz. »… hatte zu tun.«

»So, so, zu tun also.« Sie grinste und wuschelte ihm durch die Haare, wobei ihre Finger elektrisch geladen sein mussten, denn es fühlte sich an, als würde sein Kopf Funken schlagen. Ihre Fingerkuppen vibrierten geradezu. Charlie grinste bei dem Gedanken daran, wie das wohl bei Nacht aussehen musste. In Theos Augen blitzte es. Er hatte es anscheinend auch gespürt.

Charlie fing seinen Blick auf und strahlte. »Ist das etwa ein Lächeln, Theo Sonntag? Was für ein Glück!«, rief sie und fasste sich theatralisch an ihr Herz. »Ich hatte schon befürchtet, du hast es verlernt.«

»Quatsch!«, murmelte er, als sie ihn in die Seite knuffte, und wurde wieder ernst. »Ich habe es ganz bestimmt nicht verlernt. Ich habe es perfektioniert!«, sagte er daraufhin, atmete tief ein und wieder aus, als müsse er eine große Last loswerden, und bemühte sich dann, alle seine Zähne zu zeigen, was ihm auch gelang, sehr albern aussah und seine Wirkung nicht verfehlte.

Charlie musste lachen. »Echt jetzt, Theo. Du siehst aus wie ein Pferd!« Auch sie verzog ihre Lippen zu einem übertriebenen Grinsen und wieherte noch dazu.

Nun lachte auch Theo. Endlich.

»Ich bin der glücklichste Mensch auf der Welt«, sagte er mit weit aufgerissenem Mund und bemühte sich dabei, das Pferdegrinsen beizubehalten. »Nein, Moment: Ich bin das glücklichste Pferd der Welt und ich habe riesigen Hunger!« Nun wieherte er ebenfalls.

»Oha, für dieses Problem habe ich eine Lösung!«, antwortete Charlie kichernd und hielt ihm Annas Tüte vor die Nase. »Brö… Brio… irgendwas. Und Aprikosen.« Theo nickte wissend. »Bröbrios sind meine Leibspeise. Gib mir sofort die Tüte, bevor ich sie auch noch mit auffressen muss!« Er klapperte mit den Zähnen.

Charlie reichte ihm die Tüte, wobei sie sich die Lachtränen aus den Augen wischte. Sie hatte sich definitiv getäuscht: Theo war mehr als gut drauf. Ob das was mit Elies zu tun hatte?

Theo biss in eines der Teilchen und seufzte genussvoll. »Oh Mann. Bröbrios«, sagte er kauend und wieherte noch einmal. Beinahe hätten sie wieder angefangen zu lachen. Er bot Charlie das andere an, aber sie lehnte ab. Dafür nahm sie eine Aprikose, teilte sie und gab ihm eine Hälfte.

»Hier. Ich habe gehört, Menschen im Wachstum sollen viele Vitamine essen.« Sie lächelte. Das alberne Gefühl von gerade eben war verschwunden und hatte einem anderen Platz gemacht, das sie nicht genau benennen konnte. »Ich bin so froh, dass ich dich habe, Theo.« Schon während sie es aussprach, merkte sie, dass sich etwas zwischen ihnen veränderte. Schlagartig hatte Theo aufgehört zu kauen und war so weiß geworden wie das Handtuch, auf dem er saß. Charlie wurde flau im Magen. Irgendetwas stimmte nicht. Was ging hier vor?

Theo legte das Bröbrio zur Seite, nahm Charlies Hände in seine und schaute sie ernst an. Er schluckte, bevor er für einen Moment die Augen schloss.

»Was ist los, Theo?« Charlie sah die Unsicherheit in seinem Blick, als er sie wieder öffnete und irgendetwas darin sagte ihr, dass nach seinen nächsten Sätzen nichts mehr sein würde wie zuvor.

Er räusperte sich. »Du erinnerst dich sicher an unseren Schwur, oder?« Langsam nickte Charlie, als er fortfuhr. »Ich meine, dass wir uns geschworen haben, immer ehrlich zueinander zu sein, stimmt's?« Sie nickte noch einmal. Theo atmete tief ein und wieder aus, bevor er leise weitersprach, ohne seinen Blick von ihr zu nehmen. »Ich ... ich hab ihn gebrochen, Charlie. Ich ... ich habe dir nicht die Wahrheit gesagt. Das heißt, ich habe einfach ... gar nichts gesagt, als ...«

Ein Schatten fiel auf Charlies Handtuch.

»Da bist du ... seid ihr ja!«, rief Elies und ließ sich neben Theo fallen. Sie schaute zuerst von ihm zu Charlie und blieb dann doch wieder an Theo hängen. Der Blick, mit dem sie ihn ansah, war so ekelhaft schmachtend, dass es Charlie ganz schlecht wurde. Theo war immer noch *ihr* bester Freund und war gerade im Begriff gewesen, Charlie etwas Wichtiges zu sagen. Was für eine dumme Schnepfe! Merkte sie denn gar nichts?

»Hab ich was verpasst?«, fragte Elies und strahlte. »Ich hab mich echt total gefreut, dass du angerufen hast. Tut mir leid, dass ich nicht sofort mitkommen konnte, aber meine Mutter ...«, plapperte sie weiter und rückte gefühlt pro Silbe ein Stück näher an Theo heran.

Am liebsten hätte Charlie sie ins Wasser geschubst. Hatte Elies denn gar kein Feingefühl? Und warum zur Hölle hatte Theo sie denn überhaupt anrufen müssen? Reichte ihm Charlie nicht?

»Sie hat es natürlich verstanden, als ich ihr erzählt habe, dass du dich extra gemeldet hast, um dich mit mir zu verabreden.«

Als ob sie sich nicht sowieso hier begegnet wären.

Elies legte ihre Hände ebenfalls auf die von Theo. »Also, was spielt ihr? Wer zuerst lacht, hat verloren? Geht bestimmt auch zu dritt.« Sie kicherte und schnitt eine Grimasse, die vermutlich lustig sein sollte, aber genau die gegenteilige Wirkung hatte.

Theo saß da wie erstarrt. War es das gewesen, was er ihr hatte sagen wollen? Er und Elies? Das war ja wirklich schnell gegangen. Charlies gute Laune war komplett verschwunden und hatte etwas anderem Platz gemacht, das sie in diesem Moment nicht so richtig greifen konnte. Aber es war auch egal. Sie wollte so schnell wie möglich weg hier. Fort von Elies' total verknalltem Getue und Theos Geheimniskrämerei. Sie zog abrupt ihre Arme aus Theos Griff und stand auf.

Theo hatte die Augen geschlossen und rührte sich nicht. Wenn er damit einverstanden war, dass Elies dieses Gespräch unterbrach, dann war das, was er ihr sagen wollte, vielleicht doch nicht ganz so wichtig.

Charlie raffte ihre Sachen zusammen und schlüpfte in ihre Klamotten. »Sorry, ich bin raus«, sagte sie schnell. »Ich … ich hab noch was zu erledigen. Bis später, Theo, obwohl … ich … vielleicht kann ja Johann meine Schicht übernehmen. Er … er wollte sowieso gern mehr arbeiten.« Zwar wohl kaum zwei Schichten hintereinander, aber er war ihr Bruder. Brüder machten so was. Manchmal. In der Not. Und wenn nicht, auch egal. »Euch viel Spaß beim *Spielen*«, sagte sie bissig und drehte sich um, ohne auf eine Antwort zu warten.

Es war wirklich nicht besonders nett von Charlie gewesen, das wusste sie selbst, andererseits: Theo hatte es ja geradezu herausgefordert, oder etwa nicht? Sonst hätte er Elies ja nicht eingeladen. Was auch immer er ihr zu sagen hatte, es war Charlie egal.

Das Letzte, was sie sah und hörte, war Elies, die sich kopfschüttelnd nach hinten auf die warmen Holzplanken fallen ließ. »Was hat sie denn? Ist doch voll der schöne Tag! Wie kann man da so mies drauf sein?«, fragte sie Theo so laut, dass Charlie es hören konnte.

Theo sagte nichts. Einfach gar nichts. Nichts, um Charlie aufzuhalten, nichts um Elies ihr Verhalten zu erklären. Nichts war in diesem Fall auch genug.

Charlie kramte ihren Fahrradschlüssel schon im Laufen aus ihrer Tasche. Der Tag hätte perfekt werden können, aber offensichtlich hatte er sich anders entschieden.

14

SCHROEDER, GLAUBST DU, LIEBE IST DIE ANTWORT AUF ALLES? (LUCY VAN PELT) OHA! ICH HOFFE NICHT! (SCHROEDER)

Sie hatte Toni natürlich nicht abgesagt, aber die Zeit bis zu ihrer Schicht zu Hause vertrödelt, indem sie ihre Schulsachen ausgeräumt und sich eingeredet hatte, dass sie das sowieso schon längst hatte tun wollen. Als sie schließlich aufbrach, war nicht nur das erledigt, sondern auch ihr Zimmer aufgeräumt und gesaugt, das Bett frisch überzogen und weil es so guttat, etwas zu tun zu haben, hatte sie sogar eine Ladung Wäsche gewaschen. Währenddessen waren ihre Gedanken immer wieder zum See zurückgekehrt und sie fragte sich, was Theo ihr sagen wollte. Ein ums andere Mal regte sie sich über Elies' schlechtes Timing auf und darüber, dass sie überhaupt aufgetaucht war und ihren perfekten Tag mit Theo ruiniert hatte. Andererseits … hatte sie nicht gesagt, dass Theo sie angerufen und gefragt hatte, ob sie mit ihm an den See kommen wollte?

Jedes Mal, wenn sie an diesem Punkt in ihren Gedanken angekommen war, war sie wieder genauso wütend wie zum Zeitpunkt ihrer Flucht, obwohl ihr selbst klar war, dass ihre Reaktion … vielleicht … ein bisschen … übertrieben gewesen war.

Die Schicht bei Toni war vor allem eines: anstrengend. Das Wetter hatte sich verändert und das angekündigte Gewitter die Luft mit Feuchtigkeit aufgeladen. Die großen Gäste waren nicht so fröhlich und entspannt wie sonst, sondern irgendwie genervt gewesen und die kleinen quengelten die ganze Zeit. Selbst Toni und Anna waren stiller als sonst. Johann und Anouk hatten gemeinsam die frühe Schicht gehabt und wollten dann ein bisschen baden und ins Kino. Charlie war es recht, dass sie weder ihrem Bruder noch ihrer besten Freundin dabei zusehen musste, wie sie sich jeweils total verknallt anhimmelten. Klar, sie gönnte beiden das große Liebesglück, aber das hieß ja noch lange nicht, dass man immer ein Teil davon sein musste.

Als Charlies Schicht zu Ende gewesen war, hatte sie etwas von Kopfschmerzen gemurmelt, was definitiv nicht gelogen war, denn dieses blöde Gewitter machte auch ihr zu schaffen und sie war, ohne auf Theo zu warten, direkt nach Hause geradelt und hatte sich ins Bett gelegt. Bisher hatte sie von Maxim keine Antwort auf ihre Nachricht bekommen, aber es verunsicherte sie nicht mehr. Er würde sich melden, das wusste sie, seitdem er ihr wieder so oft schrieb und ihr gesagt hatte, dass er verliebt in sie war. Warum auch immer er dafür von WhatsApp auf Snapchat umgestiegen war, verstand sie zwar nach wie vor nicht, aber als sie ihm deshalb eine WhatsApp-Message geschickt hatte, hatte er einfach nicht drauf reagiert. Ach, eigentlich war es ihr gleich, welche Plattform er sich aussuchte, um ihr eine Nachricht zu schicken. Hauptsache, er schrieb.

Sie war davon aufgewacht, dass der Regen gegen das Fenster prasselte, war hochgeschossen und in Unterwäsche in den Garten gerannt, um schnell die Polster von den beiden Liegestühlen und die Wäsche, die eigentlich zum Trocknen auf dem Ständer hing, ins Haus zu bringen. Charlie liebte es, durch Sommerregen zu rennen, wenn die Wärme des Tages den Boden zum Dampfen brachte, und es sich anfühlte, als stünde sie unter einer riesigen Dusche im Dschungel. Als sie noch klein gewesen war, hatte sie sich immer komplett ausgezogen, sobald der Regen kam, aber in Unterwäsche war es beinahe genauso schön. Wie oft sie da draußen in ihrem Garten mit Anouk oder Theo herumgerannt war, bis ihre Mutter sie hereingeholt und abgerubbelt hatte … Sie konnte es nicht zählen. Beinahe sah sie sich selbst als kleines Mädchen kichernd zwischen den Büschen verschwinden, Theo ihr immer dicht auf den Fersen.

Das Wasser klebte ihre Haare an die Stirn und den Rücken und lief zwischen ihren Schulterblättern hinab. Charlie wandte ihr Gesicht dem Regen zu und ließ ihn auf ihre Haut prasseln. Nicht nur die Natur war dankbar für die Abkühlung. Als sie sich im Anschluss mit einem Küchentuch trocken rieb, war sie beinahe zu wach, um wieder einzuschlafen, aber zurück im Bett merkte sie doch, wie schwer ihre Glieder waren. Gerade als ihr schon die Augen zufallen wollten, leuchtete der Bildschirm ihres Handys für einen Moment auf, um anzuzeigen, dass sie eine Nachricht bekommen hatte.

I_am_Schroeder

> Hey, Charlie Brown, danke für das schöne Bild von dir! Du siehst sehr glücklich aus. Ich sehe es an und höre dein Lachen. Und du hast recht, ich habe nicht das Gefühl, dass ich in Frankreich bin, sondern eher auf dem Steg mit dir am See. Ich würde dir wirklich so gern so viele Dinge sagen, Charlie, aber ich kann nicht, denn ich befürchte, dass ich damit alles zerstöre, und das will ich nicht riskieren. XX, Schroeder.

Nun war Charlie hellwach. Was wollte Maxim ihr sagen? Eine Nachricht wie diese passte überhaupt nicht zu ihm. Oder sollte es scherzhaft gemeint sein, wie ihr gestriger Chat? Es hörte sich aber irgendwie nicht so an. In seinem Leben war immer alles leicht und lustig und, wenn sie ehrlich war, hatten sie auch letztes Jahr nicht viele tiefgründige Gespräche geführt. Das war auch nicht notwendig gewesen. Tiefgründige Gespräche führte sie mit Theo. Und gerade dass Maxim so ganz anders war, beinahe sogar das Gegenteil von Theo, hatte ihr an ihm gefallen und sie besonders gereizt. Vielleicht hatte sie Maxim aber auch völlig falsch eingeschätzt und er war nicht nur der coole Typ, der alles im Griff hatte und dem die Mädchen reihenweise zu Füßen lagen, sondern – zumindest was Charlie betraf – genauso unsicher wie sie selbst? Vielleicht sollte sie ihm die Chance geben, diese Seite zu zeigen und ihr zu vertrauen. Denn das wollte sie ja auch: Maxim vertrauen.

Snoopylove_04

> Liebster Schroeder, was auch immer es ist, du kannst es mir sagen. Ich kann zuhören und verstehen. Und wenn es nicht gerade mit einem anderen Mädchen zu tun hat, gibt es nichts, weshalb du dir Sorgen machen müsstest ☺. Vertrau mir, XX Charlie

Die Antwort folgte sofort.

I_am_Schroeder

> Hey, Charlie Brown, nein, es geht nicht um ein anderes Mädchen. Es geht um dich ☺ , aber gerade deshalb kann ich es nicht sagen. Ich hoffe, eines Tages habe ich den Mut … Und glaub mir: Ich vertraue dir und hoffe, das, was wir haben, lässt dich verzeihen. XX, Schroeder

Snoopylove_04

> Liebster Schroeder, was auch immer es ist, bitte erzähle es mir. XX, Charlie Brown
>
> Schroeder?
>
> …

Er meldete sich weder in der Nacht noch am Morgen. Irgendwann war Charlie wohl wieder eingenickt, denn als sie das nächste Mal auf ihr Handy sah, war es bereits halb elf Uhr morgens. Maxim hatte nicht mehr geschrieben, und Charlie wusste nicht, ob sie sich Sorgen machen sollte und wenn ja, warum. Vielleicht war er auch einfach irgendwo unterwegs gewesen und hatte ihr nur noch kurz vor dem Einschlafen eine Nachricht geschickt? Allerdings: So eine? Und dann auch mitten in der Nacht um halb drei? Ganz schön spät, vielmehr früh … und diese Nachricht … sie war so ganz anders als alles, was sie von einem selbstbewussten Typen wie Maxim erwartet hätte. Merkwürdig. Am liebsten hätte sie ihn angerufen, aber das mit dem Telefonieren war eben auch so eine Sache: Selten hatten beide parallel Zeit und wenn, dann war es irgendwie komisch. Entweder sie redeten beide gleichzeitig, zeitversetzt, das Bild war doof oder sie wussten nicht so richtig, was sie sagen sollten. Die Nähe, die sie spürte, wenn beide zusammen waren, war dann einfach weg. Und obwohl sie sich nach Maxims Stimme sehnte, ließ sie jedes Telefonat dann doch mit Zweifeln zurück. Vielleicht ging es ihm ja genauso. So oder so hatten sie irgendwann aufgehört, miteinander zu sprechen.

Es war zwar immer noch einigermaßen warm, aber die Sonne hatte sich nicht herausgetraut, und das Licht, das in Charlies Zimmer drang, war eher grau und matt. Trotzdem musste sie sich beeilen. Ihre Schicht bei Toni begann um zwölf und sie war gern ein bisschen früher da. Wenn sie es richtig auf dem Plan gesehen hatte, war sie zusammen mit Anouk eingeteilt. Irgendwie hatte sie das Gefühl, dass sie seit Wochen nicht mehr mit ihr geredet hatte und Johann vermutlich mehr Zeit mit ihrer besten Freundin verbrachte als sie selbst. Umso mehr freute sie sich auf den gemeinsamen Tag bei Toni. Vielleicht war so wenig los, dass sie Anouk von Theo und Elies und von Maxims seltsamer Nachricht erzählen und ihre Freundin fragen konnte, was sie davon hielt. Und wenn nicht, würde sie die Arbeit vielleicht ein bisschen von diesen ewigen Grübeleien ablenken, und sie konnte danach noch etwas mit Anouk unternehmen. Immerhin hatten sie gefühlt schon ewig nichts mehr zusammen gemacht.

Prompt fiel ihr ihre Freundin um den Hals, kaum dass sie Tonis Küche betreten hatte.

»Oh Gott, Charlie! Ich hab schon gedacht, du hast es doch noch geschafft, deine Eltern wegen Nizza zu überreden!« Sie lachte. »Und dabei habe ich dir so viel zu erzählen!« Anouk strahlte von einem Ohr zum anderen. »Toni, Anna, darf ich Charlie noch ein paar Minuten nach vorne entführen?« Bittend sah sie zu den beiden hinüber, die schon wieder bis zu den Ellbogen im Teig steckten.

»Certo, Anita, geht nur«, brummte Toni gutmütig. »Heute iste sowieso nix los.«

»Also«, begann Anouk mit leuchtenden Augen, kaum hatten sie sich im Vorraum an einem der Tische niedergelassen. »Johann. Dein Bruder.« Charlie hatte ein Gespräch wie dieses gleichermaßen freudig erwartet wie befürchtet.

Sie unterbrach ihre Freundin und schüttelte sich. »Anouk, du weißt, ich liebe dich. Und ich liebe auch meinen Bruder. Aber eben weil er mein Bruder ist, musst du ganz vorsichtig sein.«

»Ich will ihm doch nicht wehtun!«, erwiderte Anouk empört. »Also, dass du mir so was zutr…«

»Nein! Ach Quatsch, Nucki! Das meine ich doch gar nicht!« Charlie verzog das Gesicht. »Das weiß ich. Und eher lynche ich *ihn*, wenn er *dir* nur ein Haar krümmt. Ich meinte, du sollst vorsichtig sein, bei dem, was du mir erzählst. Zu viele Details über Küsse und … Schlimmeres … kann ich nicht ertragen. Brrrr. Manche Bilder bekommt man einfach nie wieder aus seinem Kopf.« Sie schüttelte sich wieder, während Anouk anfing zu lachen.

»Keine Sorge. Ich will keine intimen Details mit dir teilen. Nur mein Glück. Das kannst du aber ertragen, oder?« Prüfend sah sie Charlie an, die skeptisch zu nicken begann.

»Nichts Ekliges, ja? Ich bin erst sechzehn.« Jetzt lachten beide.

»Na gut, du Küken.« Anouk war genau vier Monate älter, was sie aber trotzdem immer wieder gern betonte, besonders weil Charlie mindestens einen Kopf größer war.

»Also schieß los.«

Als Anouk zu erzählen begann, wie gleichermaßen hartnäckig und doch behutsam Johann sie von sich überzeugt hatte, leuchteten ihre Augen. Charlie hatte es zwar kommen sehen, aber nicht so schnell und nicht so heftig. Das, was sie für einen Sommerflirt gehalten hatte, war viel mehr. Keine Frage: Anouk hatte es voll erwischt und ihren Bruder anscheinend auch. Charlie gönnte ihrer Freundin von Herzen, dass sie so glücklich war, aber immerhin und trotz aller Späße war Johann ihr Bruder, und allein die Vorstellung, dass sich irgendetwas zwischen ihnen allen veränderte, weil eine Beziehung, die jetzt noch glücklich war, vielleicht eines Tages und aus welchen Gründen auch immer auseinanderging, machte Charlie Angst.

»Etwas so Kostbares aufs Spiel zu setzen wie eine Freundschaft, ist ganz schön mutig, Anouk. Bist du dir sicher, dass es sich lohnt?«, fragte sie vorsichtig. Sie wollte sich mit ihrer Freundin freuen. Aber sie wollte ihre Bedenken trotzdem wenigstens einmal ansprechen.

»Dass es sich lohnt? Ich bin verliebt, das ist doch kein Geschäft, bei dem etwas rausspringen soll! Was auch immer das sein könnte.« Anouk schüttelte den Kopf und sah auf einmal überhaupt nicht mehr glücklich aus. »Freust du dich denn gar nicht?«

Täuschte sie sich, oder zitterte Anouks Stimme? Schnell legte Charlie ihre Hand auf die ihrer besten Freundin. »So meine ich das doch gar nicht.« So, wie Anouk das sagte, hörte es sich schrecklich an und entsprach auch überhaupt nicht dem, was sie selbst empfand. »Ich … natürlich freue ich mich, das ist doch keine Frage. Ich meine nur, ach, ich weiß doch auch nicht, was ich meine.« Zerknirscht sah sie ihre Freundin an. Das Letzte, was sie wollte, war, dass Anouk ihr Glück nicht genießen oder vor lauter Vorsicht nicht mehr mit ihr teilen würde.

»Hm … Charlie, ich glaub, ich weiß genau, was du meinst.« Ihre Stimme war wieder fest geworden. »Und du siehst das falsch, wenn du mich fragst. Es geht nämlich nicht darum, ob sich etwas lohnt, sondern darum, was das Herz sagt.«

»Wie meinst du das?«

»Echt jetzt? Das musst ausgerechnet du fragen?« Anouk schmunzelte. »Ich meine, dass man Gefühle nicht einfach so *entscheiden* kann. Als ob man eine Wahl hat. Oder so als ob man sich überlegt, ob man lieber Eis oder Gemüse essen sollte.« Sie grinste. »In diesem Fall wäre Johann natürlich das Eis.«

»Natürlich.« Charlie verstand überhaupt nicht, worauf ihre Freundin hinauswollte. Dementsprechend verwirrt sah sie sie wohl auch an, denn Anouk fuhr nach wie vor grinsend fort.

»Also, für dich, meine begriffsstutzige Freundin: Wie war das denn mit dir und Maxim? Ganz ehrlich, wenn du dir überlegt hättest, ob es sich lohnt, hättest du dich doch auch nicht in einen Typen verliebt, den du bestenfalls im Jahr drauf wiedersiehst, der ein ganz anderes Leben in einem ganz anderen Land mit ganz anderen Freunden führt, dann hättest du dich doch sicher nicht auf ihn eingelassen, oder?«

»Nein, das … ich … ich habe mich einfach so in Maxim verliebt«, antwortete Charlie ein wenig kleinlaut. »Ich habe über so was gar nicht nachgedacht.« Das stimmte. Hatte sie nicht. Allerdings über Theo schon und darüber, was er empfinden würde, wenn sie mit einem Freund nach Hause kommen würde. Im Endeffekt war sie sich aber sicher gewesen, dass es für ihn völlig in Ordnung war. Schließlich hätte er sich ja nach diesem Kuss auch bei ihr melden können und dann … Das, was sie für ihn empfand, war etwas völlig anderes als bei Maxim. Maxim war ein spannendes Abenteuer und Theo war … einfach total vertraut. Vielleicht, um bei Anouks Idee zu bleiben, war Theo eher das Gemüse als das Eis, aber nicht so was Langweiliges wie Bohnen oder Lauch, sondern eher … gegrillter Maiskolben oder … Aber um ihre Frage selbst zu beantworten: Vor ein paar Tagen hätte sie daran gezweifelt, ob es sich gelohnt hatte, mit Maxim etwas anzufangen. Jetzt, dank seiner Nachrichten, waren alle Zweifel verschwunden.

Anouk beobachtete Charlie. »Einfach so hast du dich also verliebt, aha. Und wie hast du das gemerkt?« Das war eine leichte Frage.

»Ich … ich … hatte Schmetterlinge im Bauch. Von morgens bis abends. Und nachts am allermeisten.« Charlie lächelte bei der Erinnerung an die drei Wochen und das Dauerkribbeln, das sie gefühlt hatte.

»Na dann? Dann weißt du ja doch ganz genau, wie es mir geht.« Anouk grinste. »Und eines ist ja wohl obersicher: Schmetterlinge lügen nie!«

Charlie freute sich wirklich für Anouk und ihren Bruder. Es war wunderschön, verliebt zu sein, das wusste Charlie genau. Dieses aufgeregte Flattern im Bauch, das Kribbeln und Funkeln bei jeder Berührung war eines der besten Gefühle der Welt und ihre Freundin hatte recht. Wie bescheuert wären Anouk und Johann denn, wenn sie das nicht zulassen und genießen würden? Wenn man die Chance auf so ein Geschenk bekam und sie nicht nutzte, dann hatte man doch schon von vorneherein verloren, oder etwa nicht?

Alles ganz klar und eindeutig. Die Frage war nur, was mit den Schmetterlingen in *ihrem eigenen* Bauch los war. Sie wollten einfach nicht mehr so richtig fliegen. Es …

funktionierte nicht mehr so recht. Dabei hatte sie sich so nach Maxims Nachrichten gesehnt und sich riesig gefreut, als er wieder geschrieben hatte. Sie war doch ganz bestimmt immer noch in Maxim verliebt …

Vielleicht waren ihre Schmetterlinge einfach auch nur ein wenig erschöpft. Urlaubsreif. Charlie seufzte.

Anouk, die sie die ganze Zeit nicht aus den Augen gelassen hatte, nickte sich selbst bekräftigend zu. »Ah. So ist das also. Jetzt habe ich es kapiert!« Anouk schlug sich mit der flachen Hand an die Stirn, aber Charlie hatte noch immer keine Ahnung, worauf sie hinauswollte. »Noch mal von vorne: Mal angenommen, man könnte Gefühle einfach so frei wählen … Ist das der Grund, warum du dich letzten Sommer gegen Theo und für Maxim entschieden hast? Und sag mir jetzt nicht, dass das nicht zur Debatte stand, denn ich habe euch gesehen! Theo und dich, meine ich.« Charlie hatte Anouk natürlich alles über den Kuss erzählt, aber auch, dass er nicht wirklich eine Bedeutung gehabt hatte. Zumindest hatte sie sich das erfolgreich so eingeredet. Anscheinend hatte sie da bei ihrer Freundin weniger Erfolg gehabt.

»Wie … Theo und ich?« Sie begriff es immer noch nicht.

»Ist doch logisch, Charlie: Aus lauter Sorge, dass eure Freundschaft darunter leiden könnte, wenn ihr was miteinander anfangt oder wenn es auseinandergeht, hast du es gar nicht erst probiert. Wenigstens das kann dir mit Maxim ja nicht passieren«, stellte sie fest. Anouk legte ihren Arm um Charlies Schultern. »Egal, was du jetzt sagst, Charlie. Ich gehe lieber das Risiko ein, mich in meinen besten

Freund zu verlieben, den ich schon mein Leben lang kenne und von dem ich weiß, dass diese Freundschaft jenseits von allem anderen etwas bedeutet, als in jemand, von dem ich nicht einmal weiß, ob wir überhaupt Freunde wären.« Sie stand auf und band sich die Schürze um. »Komm, lass uns arbeiten. Ich habe nämlich nachher noch ein Date.« Sie grinste und zog Charlie auf die Füße. »Mit deinem Bruder.«

Charlie knuffte Anouk in die Seite. »Nicht weitersprechen, ja? Keine Details. Nichts über Küssen und Co.«

»Oh doch, Charlie Brown. Da musst du durch! Wir werden uns nämlich küssen und Händchenhalten und wieder küssen …«

Lachend hielt sich Charlie die Ohren zu. »Hundewelpen! Hundewelpen! Hundewelpen!«, rief sie so lange, bis Toni seinen Kopf in den Vorraum streckte und stirnrunzelnd fragte, ob irgendjemand einen Dottore brauchte.

Ihr bester Freund, hatte Anouk gesagt. Irgendetwas klingelte da bei Charlie, aber bevor sie sich weiter damit beschäftigen konnte, war sie – magisch vom Tomatensoßenduft angezogen – Anouk in die Küche gefolgt.

Draußen war es immer noch wenig einladend und so hatten sie wenig zu tun. Ein paar Pizzen wurden telefonisch bestellt und abgeholt und trotzdem wurde der Teig nicht weniger. Charlie und Anouk nutzten die Gelegenheit, alle Schränke auszuwischen und das Lager neu zu sortieren, was bei Hochbetrieb ein wenig zu kurz kam. Aber gegen zwei Uhr war alles blitzsauber und aufgeräumt, und so schickten Anna und Toni Anouk und Charlie nach Hause. Die Wettervorhersage für die nächsten Tage war auch nicht gerade berauschend und sie vereinbarten, zu telefonieren, wenn die Bertazzonis Hilfe brauchten. Gerade als sich Charlie in ihre Regenjacke gezwängt hatte und aufs Rad steigen wollte, kam Toni noch einmal vor die Tür.

»Sag mal, Carlotta: Wollte ihr nicht heute Abend bei euch zu Hause Pizza machen? Wir haben so viel eingekauft und alles iste übrig. Schickst du mir deine Bruder mit dem Auto vorbei, dann könnt ihr eine Party feiern. Was sagst du?« Er stemmte die Hände in die Hüften und sah sie auffordernd an. Tonis Vorschläge waren in Wirklichkeit keine. Weil er beschlossen hatte, ihnen die Pizza-Zutaten zu schenken, würde er das auch tun, und wenn sie jetzt nicht annahm, würde er sie ihr sogar nach Hause bringen, eigenhändig in die Küche tragen und so lange bleiben, bis er sicher sein konnte, dass auch wirklich jeder eine Pizza gegessen hatte. Seine Großzügigkeit und sein Wunsch, alle Menschen um sich herum glücklich und satt zu sehen, war nicht verhandelbar. Kurz wechselte Charlie einen Blick mit Anouk. Schließlich hatte sie ein Date, das bei Pizza für alle buchstäblich ins Wasser fallen würde.

»Passt schon«, sagte Anouk. »Wenn wir an unser Gespräch von vorhin denken und an deinen Bruder, was glaubst du wohl, für was er sich entscheiden würde: Pizza oder Anouk?«, fügte sie hinzu und zwinkerte Charlie zu.

Okay, das wiederum war nicht wirklich eine schwierige Frage gewesen.

»Oh, das ist ja lieb, Toni, danke sehr! Johann kommt bestimmt gern vorbei! Bist du sicher, dass ihr den Teig und die anderen Sachen nicht selbst braucht?«

»Bin ich sicher, Carlotta. Und kannst du mir glauben: Bei Toni Bertazzoni gehte Teig niemals aus!« Er winkte den beiden mit seinem Küchentuch, als sie davonradelten.

Lachend fuhren Anouk und Charlie durch den Regen und bis zu den Haferkamps nach Hause, wo sie sich verabschiedeten.

»Magst du nicht mit reinkommen?«, fragte Charlie und fühlte sich sofort komisch. Hatte sie das je gefragt? In ihrer Erinnerung war es immer selbstverständlich gewesen, dass Anouk mit dabei war. Und jetzt? Wie würde es werden, wenn ihre beste Freundin zu Besuch war? Würde sie sich dann womöglich zwischen Johann und Charlie aufteilen müssen? Nachdenklich nahm sie ihre Freundin in den Arm. »Ich freue mich für dich, Nucki. Und ich gewöhne mich schon dran.« Sie lächelte. »Und wenn du glücklich bist, dann bin ich es auch. Aber versprich mir, dass wir Freundinnen bleiben, egal was passiert.«

»Danke, Charlie. Und logisch, du Dummerchen! Als ob irgend so ein Kerl was an unserer Freundschaft ändern könnte! Niemals!«

Sie drückte Charlie fest an sich. »Auf die Schmetterlinge«, flüsterte sie ihr ins Ohr, bevor sie sie losließ.

»Auf die Schmetterlinge«, antwortete Charlie. *Und darauf, dass sie bald wieder fliegen.*

Anouk war schon wieder auf ihr Rad gestiegen. »Ich fahre erst mal heim. Ich muss noch duschen. Aber wenn Johann nachher die Sachen für die Pizza holt, kann er mich ja auf dem Rückweg einsammeln. Sag mal, was hältst du denn davon, wenn wir Elies und ihre Mädels auch noch fragen?«

Charlie zuckte zusammen. Sofort hatte sie wieder die Szene auf dem Steg vor Augen und Elies Hände auf denen von Theo.

»Alles in Ordnung?« Anouk legte Charlie eine Hand auf die Schulter. »Magst du sie nicht? Ich dachte, du findest sie ganz nett? Und Theo scheint sie sogar ziemlich gut zu gefallen.«

Charlie schluckte. Verdammt! Warum nur hatte sie sich so gar nicht im Griff? Sie sollte sich für ihren Freund freuen, anstatt sich hier aufzuführen, als würde ihr etwas weggenommen. »Nein … also ja … das … das ist eine gute Idee!« Sie schluckte wieder, während sie Anouks prüfendem Blick auswich. »Das … machen wir! Super!« Sie würde besonders nett zu Elies sein. Und wenn sie Theos Freundin war, würde Charlie lernen, auch das zu akzeptieren. Das Glück der anderen hatte nichts mit ihrem eigenen zu tun, ermahnte sie sich. Es war einfach ein bisschen viel Fremdglück heute.

»Charlie?« Anouk schüttelte den Kopf. »Was ist das Problem?«

Charlie zuckte mit den Schultern. Wenn sie das nur selbst wüsste. »Ich … keine Ahnung. Du und Johann. Theo und Elies.« Charlie und … ein Telefon-Maxim? Es war eben doch etwas anderes, ob man jemanden bei sich hatte oder nur Nachrichten lesen konnte. Auch wenn sie beschlossen hatte, optimistisch zu sein und zu bleiben, so war es doch nicht gerade leicht – besonders wenn alle um sie herum anscheinend gefunden hatten, was sie gesucht hatten.

Anouk schüttelte lächelnd den Kopf und zog Charlie noch einmal in eine feste Umarmung. »Mach dir nicht so einen Kopf, Charlie. Ich verspreche dir: Du und ich, wir halten zusammen, egal was passiert oder in wen ich mich verliebt habe. Das ist etwas, das ich nie aufs Spiel setzen würde. Für nichts in der Welt. Und ich bin mir sicher, dasselbe gilt auch für Theo.«

In Anouks Worten hatte immer wieder mitgeschwungen, dass Charlie letztes Jahr die Chance auf mehr gehabt hätte, was Theo anging, und sie sich freiwillig dagegen entschieden hatte. Dass er sich jetzt für eine andere interessierte, sollte sie daher wirklich freuen. Charlie würde sich Mühe geben. Aber wenn sie ehrlich war, hatte sie sehr viel mehr Angst davor, was passieren würde, wenn Elies und Theo zusammenkamen, als davor, dass ihre Freundschaft mit Anouk die Beziehung mit Johann nicht überstand. Denn was, wenn sie nicht recht hatte, was Theo betraf?

Eine Welt ohne ihn war einfach nicht denkbar für Charlie. Wohingegen sie allergrößte Mühe hatte, sich Maxim in ihrem Leben vorzustellen. Und die Schmetterlinge waren auch nicht mehr das, was sie mal gewesen waren.

15

SICH SORGEN ZU MACHEN, VERHINDERT NICHT, DASS DIE SCHLIMMEN DINGE PASSIEREN. ES VERHINDERT NUR, DASS DU DIE SCHÖNEN DINGE GENIEßEN KANNST. (LINUS VAN PELT)

Als Charlie die Tür öffnete, stand Theo davor. Er war immer noch blass und ernst. Aber Hauptsache, er war gekommen, obwohl sie so blöd gewesen war. Ihr Herz machte einen Hüpfer vor Erleichterung.

»Hi!« Charlie lächelte verlegen. »Komm rein!«

Er stieg die Stufen zu ihr hoch und wollte sich gerade an ihr vorbeischieben, da legte sie ihre Hände auf seine Arme. *Jetzt oder nie, Charlie Brown,* ermunterte sie sich wieder einmal selbst.

»Hast du noch einen Moment? Ich muss dir was sagen.« Anstatt sich zu freuen, dass sie sich entschuldigen wollte, war er noch blasser geworden.

»Klar.« Er blieb stehen, bevor er sich neben sie an die Wand lehnte. Kam es ihr nur so vor, oder zitterte er? »Alles okay?«, fragte sie besorgt und nahm, ohne darüber nachzudenken, seine Hände in ihre. Sie waren eiskalt und seine

Handflächen feucht. Besorgt versuchte sie seinen Blick aufzufangen, aber er schloss schnell die Augen.

»Bist du krank?« Sie konnte sich gerade noch zurückhalten, ihm die Hand auf die Stirn zu legen.

Er schüttelte den Kopf und öffnete die Augen wieder. »Nein, nein. Geht schon. Alles ein bisschen viel gerade«, antwortete er immerhin und versuchte ein Lächeln, das ihm nicht besonders gut gelang.

Charlie fühlte sich schrecklich. Er sah wirklich furchtbar aus und sie war schuld daran.

»Es tut mir leid«, flüsterte Charlie und schlug die Augen nieder.

»Was?« Er schaute sie ungläubig an und schüttelte den Kopf. »Dir tut …?«

»Bitte sei nicht mehr sauer auf mich, Theo«, unterbrach sie ihn, bevor er irgendwas sagen oder wie sooft alles auf sich nehmen konnte, nur damit sie sich nicht schlecht fühlen musste.

»*Dir* tut es leid? Was denn überhaupt, Charlie?« Es war so typisch für ihn.

»Na, dass ich weggelaufen bin. Und …« Sie räusperte sich. »Dass ich so komisch auf Elies reagiert habe. Ich … es ist nicht, dass ich was dagegen hätte. Also gegen sie. Oder auch … gegen euch.« Sie schnaubte. »… ich … ich war nur überrascht.«

»Du warst …?« Er schüttelte den Kopf. »Das …«

»Nein, lass mich ausreden, Theo. Es tut mir leid. Ich habe einfach nicht begriffen, dass du auf sie stehst! Du hättest aber ja auch längst mal was sagen können!« Es fiel ihr nicht leicht, das so direkt anzusprechen, aber sie wollte ihm wirklich das Gefühl geben, dass von ihrer Seite alles in Ordnung war. Dass ihr das so schwerfiel, war ihr eigenes Problem. Theo, der beste, tollste, großartigste und einzigartige Theo hatte jedes Glück verdient, und sie konnte sich später damit beschäftigten, warum sie sich so elend fühlte. Um ihre Worte noch zu bekräftigen, lächelte sie ihr umwerfendstes, strahlendstes Charlie-Lächeln, das sie zustande brachte, und hoffte, dass sein Charlie-Sensor nicht dazu führte, dass er sie durchschaute.

Es war ein bisschen wie bei einem Sonnenaufgang, als er ebenfalls zu lächeln begann und bald genauso strahlte wie sie. Sofort schmiegte Charlie sich in seinen Arm und drückte ihn fest an sich. »Ich könnte es nicht aushalten, wenn du böse auf mich wärst, Theo Sonntag«, murmelte sie an seiner Brust. »Nicht eine Sekunde. Komm, lass uns schnell reingehen. Mein Bauch grummelt schon vor lauter Hunger.« Sie spürte mehr, als dass sie es hörte, wie er zu lachen begann. Sie schloss die Augen und atmete seinen Theo-Duft ein und nun war auch sie zumindest für diesen einen geliehenen Moment glücklich.

»›Nie zu früh für einen Keks, Charlie Brown‹«, zitierte er wieder einmal Snoopy und schob sie vor sich durch die Tür. »Ich könnte alle Pizzen dieser Welt aufessen.«

»Spinner«, antwortete sie kichernd. »Du teilst, Pig Pen, oder ich hole meinen großen Bruder!« Charlie spürte, wie er die Hände auf ihre Schultern legte und sie zu sich umdrehte. Sie waren mittlerweile warm und auch Theos Gesicht war nicht mehr ganz so blass. Er war wieder ernst geworden und kurz dachte sie, er würde ihr nun doch noch sagen, was er schon am See mit ihr hatte besprechen wollen. Aber er blieb still und sah sie nur an. Die Zeit blieb irgendwie stehen, als sich ihre Blicke verhakten. Charlies Mund wurde ganz trocken, als er sie noch ein wenig näher zu sich zog.

»Charlie, ich …« Er sah sie eindringlich an.

»Hey, was wollt ihr? Salami oder Schinken?«, rief in diesem Augenblick Johann aus der Küche und der besondere Moment war vorüber.

»… ich hab echt Angst vor deinem Bruder.«

Der Moment war vorbei. Aber da, wo Theos Hände auf ihren Schultern gelegen hatten, kribbelte ihre Haut wie verrückt.

16

WENN ALLES SCHIEFLÄUFT, DREH DIE MUSIK AUF UND TANZ MIT DEINEM HUND! (CHARLIE BROWN UND SNOOPY)

Es war ein schöner Abend, ohne Zweifel. Charlies und Johanns Eltern hatten beschlossen, ihre Reise ins Allgäu vorzuverlegen, weil das Wetter rund um Oberstdorf sehr viel besser war als hier. Sie waren am frühen Abend losgefahren, nicht ohne Johann und Charlie zu ermahnen, brav zu sein und zu bleiben und ihnen aufzutragen, an die Mülltonnen und ans Blumengießen zu denken, sollte das Wetter in den nächsten vierzehn Tagen wieder besser werden. Sie hatten also sturmfrei. Ganze zwei Wochen lang. Genau das, was Charlie jetzt brauchte.

Die Pizza war perfekt und es war wirklich lustig, Anouk und Johann dabei zu beobachten, wie sie einerseits die Finger nicht voneinander lassen konnten und sich andererseits auch absolut darüber im Klaren waren, dass sie komplett unter Beobachtung standen.

Charlies Bruder war witzig und charmant und vieles mehr, was sie ihm überhaupt nicht zugetraut hatte, und es war merkwürdig, ihn plötzlich als jemand anderen zu sehen als den Kerl, der ihr immer die Schokopops weggegessen und seine Marvel-Figuren rumliegen lassen hatte. Und gleichermaßen schön.

Anouk vibrierte geradezu vor Glück und war gleichzeitig unglaublich cool. Dass ausgerechnet sie Johann dazu bringen würde, zu zeigen, was er draufhatte, beeindruckte Charlie ungemein.

Auch von Elies war Charlie beeindruckt. Es gehörte einiges dazu, bei den Haferkamps aufzulaufen, denn all ihre Freundinnen hatten abgesagt, sie war total in Theo verknallt und stand hier im Haus seiner besten Freundin, von der man nicht wissen konnte, wie sie reagieren würde. Zumindest Elies hatte es vorher nicht gewusst. Charlie schon. Schließlich hatte sie mehr als eine Stunde vor ihrem Ganzkörperspiegel Dialoge geübt und Sätze einstudiert, damit sie nicht wieder eine komplette Entgleisung hatte, sobald Elies und Theo glücklich vereint vor ihr standen. Sie kämpfte gegen den Impuls an, Elies direkt wieder nach Hause zu schicken, als sie an der Tür stand, mit leuchtenden Augen und einem Tablett voll Panna Cotta (offensichtlich noch jemand, der richtig gut kochen konnte und somit genau die richtige Freundin für Theo).

Sie gewann den Kampf gegen sich selbst, aber es war nicht leicht. Schließlich war außer den beiden glücklichen Pärchen nur noch sie da – und Leon, einer der ebenfalls zu Hause gebliebenen Freunde von Johann, den er noch schnell angerufen hatte, damit sie *Activity* spielen konnten. Trotzdem fühlte Charlie sich wie das fünfte Rad am Wagen. Leon hatte an einer Beziehung oder auch nur einem netten Abend mit Johanns kleiner Schwester ungefähr so viel Interesse wie die Freibadbesucher an einem Eisbecher im Regen, aber die Aussicht auf Pizza bis zum Abwinken hatte ihn wohl zu den Haferkamps getrieben. Charlie war es sehr recht. Sie fragte sich, wie es wohl wäre, wenn Maxim dabei wäre. Nun, definitiv würde sie sich weniger alleingelassen und überflüssig vorkommen, auch wenn Theo immer wieder versuchte, sie in ein Gespräch zu verwickeln. Besser wurde es, als sie tatsächlich begannen, *Activity* zu spielen, abgesehen davon, dass Charlie nie in einem Team mit Theo sein durfte, weil jeder (außer Elies vielleicht) wusste, dass gegen sie sonst keiner eine Chance gehabt hätte. Sie waren quasi unschlagbar. Die Klitschko-Brüder des *Acitivity* sprachen eine gemeinsame Sprache, die sonst keiner verstand, und gewannen jedes Spiel.

Charlie war mit ihren Gedanken meist aber sowieso ganz weit weg, und auch wenn Leon nicht ganz so schnell verstand, was sie von ihm wollte, und sie schließlich als Letzte ihre Figur ins Ziel brachten, so machte es doch Spaß, mit ihm zusammenzuspielen. Elies und Theo gewannen. Kurz fuhr ein heißer Schmerz durch Charlies Herz, als sie zusah, wie die beiden sich abklatschten und lachend ihren Sieg feierten. Hatte Elies Charlie abgelöst? Nicht nur bei *Activity?* Würde Charlie nun nie wieder diese Momente erleben, in denen sie schon vorher wusste, was Theo gleich sagen würde, weil er nun seinen Charlie-Sensor in einen für Elies umgetauscht hatte? Plötzlich vermisste sie ihren Freund und diese ganz besondere Freundschaft, als hätte er ihr gesagt, dass er nichts mehr mit ihr zu tun haben wollte, und als stünde oder säße er nicht direkt neben ihr.

Immer wieder schielte Charlie zwischendurch auf ihr Handy, um zu überprüfen, ob Maxim geschrieben hatte. Aber seit heute Nacht hatte er keine Nachricht mehr geschickt, und sie fühlte sich noch einsamer als sowieso schon.

Als alle gegangen waren und Charlie weit nach Mitternacht endlich ins Bett fiel, schrieb sie Maxim noch einmal und versuchte sogar, ihn trotz ihrer Telefonabneigung über WhatsApp anzurufen. Dabei fiel ihr auf, dass sie die letzten Nachrichten auf WhatsApp vor beinahe zwei Wochen geschrieben hatten. Es klingelte ewig. Irgendwann nahm Maxim sogar ab, doch sie hörte nur Stimmengewirr und laute Musik im Hintergrund und dann legte, wer auch immer dieses Telefon in den Händen hielt, wieder auf.

Alle weiteren Versuche, ihn zu erreichen, scheiterten, was merkwürdig war, denn wenn er gesehen hatte, dass sie es war (und davon ging sie aus), dann würde er bestimmt nach draußen gehen, um sie zurückzurufen. Schließlich war er doch in sie verliebt! Ob jemand sein Handy geklaut hatte? Heute Nacht würde sie es wohl nicht mehr erfahren. Sie konnte nichts tun, außer abzuwarten. Und zu hoffen, dass er sich bald von sich aus melden würde. Charlie zwang sich, das Handy auf Flugmodus zu stellen und es zur Seite zu legen, sonst würde sie vermutlich nie in den Schlaf finden. Und tatsächlich: Bevor sie eine Erklärung für all diese Merkwürdigkeiten finden konnte, war sie eingeschlafen.

Es war noch nicht einmal richtig hell, als sie wieder aufwachte. Der Regen schlug immer noch gegen ihr Fenster, und sie wusste im ersten Moment nicht ganz genau, wodurch sie aufgewacht war. Doch dann fiel ihr der Gedanke wieder ein, der sich wohl still und heimlich in ihre Träume geschlichen und sie geweckt hatte: Sie konnte sehr wohl etwas anderes tun, als einfach nur abzuwarten.

17

WENN DU LIEBST, WAS DU HAST, HAST DU ALLES, WAS DU BRAUCHST. (SNOOPY)

Klar, es war total großzügig gewesen, ihr den Grundstein für den Führerschein zu finanzieren und sie war auch dankbar für die fünfhundert Euro auf ihrem Konto, aber der Führerschein konnte auch noch ein bisschen warten. Außerdem würde sie ja noch was bei Toni verdienen. Wenigstens hoffte sie, dass sie ihren Job behielt, selbst wenn sie jetzt doch ein wenig kurzfristig anderweitige Entscheidungen getroffen hatte. Aber Toni würde sie schon verstehen. Hoffentlich nicht nur er, sondern auch Anna. Und Theo. Anouk. Und Johann. In dieser Reihenfolge.

Hoffentlich würden ihre Eltern nicht wütender werden als unbedingt nötig. Dabei war sie kein kleines Kind mehr, dachte sie trotzig. Andererseits: Sie hatten ihr wirklich sehr oft gesagt, wie wichtig es war, im Leben selbstständig zu sein, eigene Entscheidungen zu treffen und auf eigenen Füßen zu stehen. Also bitte. Mehr ging ja wohl nicht.

Freudig schob Charlie ihre Reisetasche auf das Band, wo es irgendjemand gleich in Empfang nehmen und in den großen Bauch eines Flugzeuges packen würde. Charlie war stolz auf sich. Sie hatte Glück gehabt und einen der letzten Sitzplätze im Flieger am frühen Nachmittag nach Nizza bekommen. Es war ein richtiges Schnäppchen gewesen, und so waren von den fünfhundert Euro noch mehr als vierhundert übrig. Sie war sofort aufgebrochen, um Johann nicht zu wecken, und hatte ihm nur eine Nachricht hinterlassen, dass sie sich melden würde. Charlie hatte den frühesten Bus genommen, der zum Flughafen gefahren war.

Als sie nicht gleich den Eingang zum richtigen Terminal gefunden hatte, war sie kurz versucht gewesen, wieder umzudrehen. Ein paar Mal hatte sie sich zurück in ihr Bett gewünscht oder an den gestrigen Tisch mit ihren Freunden darum herum. Wieder und wieder hatte sie Theos Lachen gehört. Aber ach, da war er wieder: Einer der Gründe, warum sie doch ganz gerne unterwegs war. Denn das Lachen hatte nicht ihr gegolten.

Charlie war zwar noch nicht oft geflogen, aber so ungefähr wusste sie, wie es ging. Außerdem war ja im Grunde alles selbsterklärend. Eingang hier, Passkontrolle da, nicken, lächeln und so tun, als würde sie täglich auf diese Weise unterwegs sein. Keiner der Menschen in diesem riesigen Flughafengebäude sah sie an, als zweifelte er oder sie daran, dass sie es schaffen konnte, allein nach Nizza zu fliegen. Und trotzdem war sie sehr erleichtert, als sie endlich auf ihrem Platz im Flieger saß und das Zeichen zum Anschnallen aufleuchtete. Sie war unterwegs. Sie war wirklich unterwegs! Am liebsten hätte sie sich selbst gekniffen, so wenig konnte sie es glauben. Nachdem sie die Entscheidung getroffen hatte, fragte sie sich plötzlich, warum sie nicht viel eher darauf gekommen war. Es war so einfach gewesen. Viel zu einfach. Die Schmetterlinge wollten zwar immer noch nicht fliegen, obwohl sie Maxim bald sehen würde, aber auch deshalb war sie hier. Sie atmete tief durch. Das Einzige, was sie dagegen tun konnte, war schließlich, sie wieder aufzuwecken. Auf Französisch: réveiller les papillons.

Es war genau richtig gewesen, loszuziehen.

Neben Charlie saß ein junges französisches Paar, das sich nicht wirklich für Charlie interessierte, und das war ihr sehr recht. Schließlich war sie genug mit sich und ihren umherwirbelnden Gedanken und der ganzen Aufregung über ihre spontane Reise beschäftigt.

Draußen regnete es immer noch. Wenigstens musste sie dann kein schlechtes Gewissen haben, dass Toni nun zehn Tage auf sie verzichten musste. Zehn ganze Tage. Dann ging ihr Rückflug von Nizza nach Hause. Dann hatte sie noch zwei Tage, bis ihre Eltern von ihrem Wandertrip zurückkamen. Es war wirklich nicht viel Zeit, aber dafür waren die Tage umso kostbarer, in denen sie bei Maxim sein, im Meer baden und die Sonne genießen konnte.

Sie lehnte ihre Stirn an das beschlagene Flugzeugfenster und lächelte bei dem Gedanken daran, wie Maxim sie wohl ansehen würde, wenn sie vor ihm stand. An seine Freude, wenn er begriff, dass sie beide doch noch eine Chance hatten. I_am_Schroeder und Snoopylove_04.

»Mademoiselle?« Die Stewardess lächelte sie freundlich an.

»Ja?«

»Würden Sie bitte Ihr Handy auf Flugmodus stellen? Wir starten gleich.«

Charlies Handy musste nicht umgestellt werden. Sie hatte es bereits im Bus zum Flughafen ausgemacht. Ja, es war feige, das wusste sie genau, aber sie hätte es nicht ertragen, ihre Entscheidung, nach Nizza zu fliegen, diskutieren zu müssen. Und das hätte sie. Johann hätte ganz sicher versucht, sie davon abzuhalten. Er fühlte sich verantwortlich und immerhin hatte er den Eltern versprochen, auf sie aufzupassen. Auch wenn sie bei diesem Gespräch noch lachend gesagt hatten, dass es ja wohl eher Charlie war, die auf ihn aufpasste … Anouk wäre schon allein deshalb nicht begeistert gewesen, weil sie nicht eingeweiht gewesen war und weil Charlie das Gefühl hatte, dass Anouk insgeheim auch nicht an sie und Maxim glaubte. Und Theo … kurz schloss Charlie die Augen, um besser fühlen zu können, wie Theo reagiert hätte. Sie seufzte leise. Vermutlich hätte er es gar nicht bemerkt und wenn, wäre es ihm sicherlich egal. Immerhin war er totally in love mit Elies. Ja, sie würden sich alle aufregen, aber so richtig würde sie vermutlich auch keiner vermissen. Schließlich war das große Liebesglück ausgebrochen und Charlie war daran nicht beteiligt. Dass sie sich so unglaublich überflüssig fühlte, hatte wenigstens einen Vorteil: Es hatte ihr die Entscheidung sehr leicht gemacht.

THEO

Obwohl, oder vielleicht auch gerade weil es so ein anstrengender Abend gewesen war, hatte Theo glücklicherweise traumlos und auch sehr lang geschlafen. Wenn er schlief, konnte er nicht nachdenken. Und wenn er nicht nachdachte, war alles gut. Keine Elies, die sein Verhalten so umdeutete, dass sie Bestätigung darin fand, keine Charlie, die er einerseits schütteln könnte, weil sie ihn mit ihrer bescheuerten »Maxim hat mir geschrieben«-Tour überhaupt erst in diese Sache hineinmanövriert hatte, und auch nicht er selbst, der nicht wusste, wie er dieses komplette Chaos beenden sollte.

Toni hatte ihnen allen für die nächsten Tage freigegeben, weil nicht abzusehen war, dass das Wetter besser werden würde. Es war beinahe Mittag, als er endlich beschloss, aufzustehen. In Shorts und T-Shirt schleppte er sich an den Frühstückstisch, wo er den obligatorischen Morgengruß seiner Mutter in Form eines gedeckten Tisches und eines Zettels mit einer liebevollen Nachricht darauf vorfand. Er beschloss, sich selbst etwas zu gönnen und French Toast zu machen. Er liebte diese in einer Sahne-Eier-Mehl-Mischung getränkten und in der Pfanne gebratenen Weißbrotscheiben und er hatte sie schon mindestens tausend Mal für sich und Charlie gemacht. Es war das Einzige, was er definitiv besser zubereiten konnte als sie und ein festes Ritual in ihrer Freundschaft. Wann auch immer einer von ihnen Kummer oder auch etwas zu feiern hatte, machte er French Toast. Die Unmengen an Puderzucker oder auch Ahornsirup, die Charlie dazu aß, brachten ihn jedes Mal zum Lachen. Unfassbar, dass ihr davon nicht schlecht wurde. Er bekam schon vom Zusehen einen Zuckerschock.

Plötzlich hatte er eine Idee.

Natürlich! Warum war er da nicht schon viel eher drauf gekommen? Während er Eier und Sahne aus dem Kühlschrank holte, versuchte er gleichzeitig, Charlies Nummer zu wählen. Es gelang ihm nicht sofort, aber als er endlich zu ihrem Namen gescrollt hatte, sprang die Mailbox an. Das war merkwürdig. Normalerweise schaltete sie morgens immer gleich ihr Handy ein.

Nachdem Theo sich ungefähr zwanzig Mal »Hallo, hier ist Charlie, hinterlasst mir bitte eine Nachricht« angehört hatte, glaubte er es dann doch: Sie hatte ihr Telefon ausgeschaltet. Aber warum?

Lustlos briet er einen French Toast nach dem anderen. Egal wie lecker sie waren, ohne Charlie schmeckten sie einfach nicht richtig. Er sah zum Küchenfenster hinaus und zu ihrem Haus hinüber. Vielleicht wollte sie ja auch nur ein einziges Mal schlafen, ohne ständig halb wach zu sein, weil sie möglicherweise eine Nachricht bekam? Theo wusste, wie sich das anfühlte. Wenn das so war, worüber würde sie sich dann wohl am allermeisten freuen, wenn sie aufwachte? Theos Begeisterung für seine French Toasts kehrte zurück. Er würde ihr einfach welche rüberbringen. Er würde mit ihr essen. Und dann würde er nicht lockerlassen, bis sie ihm zugehört hatte. Was dann geschehen würde, hatte er nicht in der Hand. Aber immerhin konnte er dafür sorgen, dass er sich nicht von Tag zu Tag noch schrecklicher fühlte.

Als er diese Entscheidung gefällt hatte, konnte es ihm nicht schnell genug gehen. Ja, er hatte Angst vor Charlies Reaktion, aber gleichzeitig fühlte er sich erleichtert, dass das große Geheimnis nun bald keines mehr war. Er wollte so gerne glauben, dass ihre Freundschaft das aushalten konnte.

Die Jalousien in Charlies Zimmer waren hochgezogen. Sie war also schon wach. Bevor er klingelte, schaute Theo durchs Küchenfenster, aber der Küchenblock war verwaist und alles war aufgeräumt. Also hatte Charlie entweder noch nicht oder schon vor einer Weile gefrühstückt. *Wahnsinnserkenntnis, Sherlock Sonntag.* Half ihm allerdings auch nicht weiter. Johann schlief definitiv noch, denn wenn er schon in der Küche gewesen wäre, würde man das am Chaos sehen, das er sicher hinterlassen hätte. Johann war nicht unbedingt das, was man unter einem ordentlichen Menschen verstand.

Theo ging zum Eingang und klingelte. Drinnen rührte sich nichts. Noch einmal. Und … noch einmal. Glücklicherweise war der Eingang überdacht. Scheißregen. Fühlte sich an, als stünde man unter der Dusche. Apropos: Vielleicht hörte sie ihn deshalb nicht? Theo setzte sich auf die oberste und einigermaßen trockene Treppenstufe und wartete ein paar Minuten, bevor er sein Glück erneut versuchte. Vergeblich. Mittlerweile waren die French Toasts kalt geworden und vermutlich auch ein bisschen aufgeweicht. Wenn irgendjemand noch was davon essen wollte, musste Theo schauen, dass er ins Haus kam. Theoretisch hätte er den Ersatzschlüssel nehmen können, der in der Garage hinter dem Holzstoß hing, aber dann hätte er sich wie ein Einbrecher gefühlt – obwohl er diesen Schlüssel schon so viele Male benutzt hatte und wusste, dass keiner der Haferkamps etwas dagegen hatte. Aber es fühlte sich trotzdem falsch an. Außerdem war Sommer und wenn jemand zu Hause war, dann war selbst bei Regen die Schiebetür zum Garten offen. Er wollte einfach nur nachsehen, ob alles okay war, und wieder gehen, wenn er dort vor verschlossener Türe stand. Dann konnte er sich immer noch Plan B oder vielmehr C überlegen. Plan A hatte schließlich vorgesehen, dass Charlie freudestrahlend die Tür öffnete und ihm vor Glück über die Toasts (und seine pure Anwesenheit) um den Hals fiel. Danach würde sofort die Sonne wieder scheinen und sie würden gemeinsam zum See radeln und dort den besten Sommer ihres Lebens verbringen. Theo lachte grimmig.

Träumen durfte man schließlich.

Die Schiebetüre war tatsächlich offen, wenn auch nur einen Spaltbreit, aber genug, um den Riegel nach unten zu schieben und einzutreten. Es war also jemand zu Hause. Und nun?

Theo betrat die Küche. Es war ganz still. Kein Wasserrauschen. Niemand sprach oder bewegte sich. Kein Radio, keine Musik, nichts. Dass Charlies Eltern nicht da waren, hatte sie gestern erzählt, aber davon, dass Charlie selbst irgendwo hinwollte, hatte sie nichts gesagt. Plötzlich fühlte er sich fremd hier. Dieses Haus war nur ein Zuhause, wenn die Menschen, die es bewohnten, auch da waren. Und hier war definitiv niemand.

»Hallo?«, rief er vorsichtshalber trotzdem, bevor er an den Küchenblock trat, um endlich den Teller mit den French Toasts abzustellen, dabei fiel sein Blick auf die Obstschale, unter der ein Notizzettel klemmte.

Guten Morgen, Schlafmütze, bin ein paar Tage weg. Regnet ja eh. Ich melde mich. Charlie. PS: Pass bloß auf meine beste Freundin auf! ☺

Charlie war also tatsächlich nicht da. Aber wo war sie hingefahren? Und gleich für ein paar Tage? Er musste mit Johann sprechen und zwar so schnell wie möglich. Bevor er nach oben zu dessen Zimmer ging, schaltete er die Kaffeemaschine an. Die Haferkamps waren eine sehr freundliche und fröhliche Familie, aber ganz sicher keine Morgenmenschen. Keiner von ihnen stand freiwillig vor elf Uhr auf, und dann ging erst mal ohne einen Kaffee gar nichts. Sprechen war vorher ebenfalls ein bisschen schwierig, aber das holten sie im Laufe des Tages alles auf. Zumindest, was Johann und Charlie anging. Umso seltsamer, dass seine Freundin offensichtlich freiwillig früh aufgebrochen war.

Theo stieg leise die Treppe zu den Schlafzimmern nach oben. Charlies Tür war nur angelehnt. Er schob sie noch ein bisschen weiter auf und schaute durch den Spalt. Das Bett war ordentlich gemacht. Charlie hatte sogar die Tagesdecke darübergebreitet und ihre Kissen der Größe nach aufgereiht. Ihr Schreibtisch war leer, nur der Geburtstagsbrief ihrer Eltern lehnte an der Schreibtischlampe. Keine Kleider auf dem Schreibtischstuhl. Das Fenster geschlossen.

Theo schüttelte den Kopf und ließ sich für eine Sekunde auf ihr Bett sinken. Wo bist du nur, Charlie Brown? Er überkreuzte die Arme hinter dem Kopf und blickte aus dem Fenster. Durch den Regen sah er sein Haus gegenüber. Sein Fenster. Wie es sich wohl anfühlte, Charlie zu sein? Theos Freundin? War er denn ein guter Freund? In letzter Zeit war er eher überhaupt keiner gewesen, gestand er sich ein. Nur an sich selbst zu denken war zumindest nichts, was einen für eine Freundschaft qualifizierte.

Johanns Tür war zu. Er klopfte ein paarmal. Zuerst leise und dann laut. Plötzlich schoss ihm ein Gedanke durch den Kopf, der sein Herz schneller schlagen ließ. Was, wenn Johann auch weg war? Aber dann wäre die Schiebetür zu gewesen. War vielleicht irgendetwas passiert? Dann hätte es den Zettel nicht gegeben. Egal wie, er wurde verrückt, wenn er noch weiter grübelte. Er musste Bescheid wissen, wo Charlie war. Jetzt und sofort. Schnell drückte er die Klinke nach unten und betrat Johanns Zimmer.

Es dauerte einen kurzen Moment, bis sich seine Augen an die absolute Finsternis und seine Nase an den Geruch eines Fuchsbaus gewöhnt hatten, der zwar vermutlich typisch für ein ungelüftetes Jungszimmer war, aber Theo trotzdem die Tränen in die Augen trieb. Schnell schob er die Frage beiseite, ob es bei ihm auch so roch. Mit ein paar schnellen Schritten und ohne ein weiteres Mal einzuatmen ging er zum Fenster und riss es auf, bevor er mit einem Handgriff die Jalousien nach oben zog.

»Alter! Hast du sie noch alle?« Johann saß aufrecht im Bett. Seine Haare standen in alle Himmelsrichtungen von seinem Kopf ab. Johann starrte ihn an, als sei Theo direkt aus einem Horrorfilm entsprungen.

»Du hast mich mega erschreckt!« Vorwurfsvoll zeigte er auf das Fenster. »Mach das sofort wieder zu! Ich erfriere!«

Theo schüttelte den Kopf. »Oh nein, das geht nicht. Sonst ersticken wir beide. Wenn es dir so kalt ist, dann zieh dir doch was an!« Er warf ihm ein T-Shirt zu, das er auf Johanns Fensterbrett gefunden hatte.

»Danke, Mann.« Johann schob seinen Kopf durch das Shirt und ließ sich wieder nach hinten fallen. »Was machst du überhaupt hier? Mitten in der Nacht? Und warum gehst du nicht einfach zu Charlie und lässt arme Menschen so lange schlafen, bis sie ausgeschlafen haben?« Theos Hoffnung darauf, dass Johann über Charlies Kurztrip, oder was auch immer es war, Bescheid wusste, verpuffte. Aber ihn jetzt mit Fragen zu löchern, brachte gar nichts, so viel wusste Theo aus Erfahrung. Was er jetzt brauchte, aber nicht hatte, war Geduld. Er versuchte es anders. Eine Person brachte ihn vermutlich schneller auf Trab: »Hast du ein Glück, dass ich es bin, der hier mitten in deiner Räuberhöhle steht und nicht Anouk! Sie wäre vermutlich ohnmächtig geworden!« Er lachte, als Johann zusammenzuckte und sich umsah, als ob er seine Freundin irgendwo in seinem Zimmer vermuten würde. Unwillkürlich fuhr er sich durch die Haare und wischte sich übers Gesicht.

»Keine Sorge, sie ist nicht hier und für mich siehst du gut genug aus«, sagte Theo lachend. »Aber was soll das heißen, mitten in der Nacht? Ernsthaft, Johann: Es ist Mittag!«

»Mittag … und weiter? Es regnet draußen, Alter! Da ist Zeit relativ!« Er war zwar noch nicht richtig wach, aber reden konnte er schon ziemlich gut, das war gewiss.

»Okay, Johann, Vorschlag: Du ziehst dich an und kommst runter. Kaffee ist so gut wie fertig und die French Toasts wärm ich noch mal auf. Passt das?«

»Sag das doch gleich! French Toast? Komme sofort.« Johann leckte sich über die Lippen und angelte nach seiner Hose, während Theo kopfschüttelnd das Zimmer verließ. Noch mehr als Ausschlafen liebte Johann Essen und ganz besonders Theos French Toasts. Das hatte er mit seiner Schwester gemeinsam. Mit dem einzigen Unterschied, dass er sehr viel seltener welche abbekam.

Theo deckte den Tisch und ließ seinem Freund einen Kaffee aus der Maschine. Als Johann schließlich in die Küche kam, war von der zerzausten und verschlafenen Monsterversion von Charlies Bruder nichts mehr zu sehen. Er war frisch geduscht und rubbelte sich gerade noch die letzten Wassertropfen aus seinen Haaren. Das T-Shirt von der Fensterbank hatte er gegen ein frisches getauscht und seine Augen blickten suchend in der Küche umher, bis er die große Kaffeetasse und den Teller mit den mittlerweile wieder heißen Toasts entdeckte. Er schnupperte und schloss für einen Augenblick genussvoll die Augen.

»Ich bin so froh, dass du mich nicht verarscht hast, Theo. Ich hätte dich sonst töten müssen.« Er grinste und schlug in Theos hochgereckte Hand ein.

Keine Frage: Johann war jetzt wach. Dennoch ließ Theo ihn erst einmal kauen und wartete ab, bis Johann von selbst darauf kam, dass etwas anders war als sonst. »Also schieß los: Wo ist Charlie?«, fragte er dann doch endlich und spülte den letzten Bissen von seinem Toast mit einem Schluck Kaffee hinunter.

»Ich hatte gehofft, dass du mir das vielleicht sagen kannst.«

»Ich?« Johann schaute Theo so verblüfft an, dass er schon wieder lachen musste.

»Na ja, warum nicht? Du bist ihr Bruder?«

»Ja, das schon. Aber ich bin nicht der Freund, der ihre Gedanken lesen kann. Sicher, dass ihr euch nicht doch vielleicht ein Gehirn teilt?«

Er lachte, als Theo über den Tisch nach ihm schlug.

»Und wenn schon, selbst wenn wir eines teilen, hätte jeder von uns immer noch mehr als du mit deinem allein.« Er grinste, als nun Johann seinerseits ausholte.

Es tat gut, Blödsinn zu reden, und lenkte Theo zumindest für einen kurzen Moment davon ab, dass er sich wirklich Sorgen machte. Denn mit einer Sache hatte Johann absolut recht: Unter normalen Umständen wusste Theo einfach, was Charlie dachte, wo sie war und was mit ihr los war.

»Echt jetzt, Bro, wo ist sie?« Nun war auch Johann wieder ernst geworden.

»Keine Ahnung. Ich weiß es wirklich nicht. Und deshalb bin ich hier. Ich weiß nicht, was los ist, und das gefällt mir absolut nicht.« Er fischte den Notizzettel unter dem Obstkorb hervor und reichte ihn Johann.

»*Pass auf meine Freundin auf*? Was soll das sein, ein Abschiedsbrief?« Johann war blass geworden.

»Na ja, ganz so dramatisch ist es sicher nicht. ›Ein paar Tage weg‹ bedeutet für mich, dass sie wiederkommt.« Daran hatte Theo wirklich keine Zweifel. Dass es trotzdem genügend Gründe gab, warum man sich Sorgen machen musste, auch nicht. Seine Gedankenlesefähigkeit, was Charlie anging, sagte ihm zwar nicht, wo sie war, aber dass etwas absolut nicht stimmte, das spürte er. Deutlich. Laut überlegte er weiter: »Okay, dass sie euren Eltern hinterhergefahren ist, ist unwahrscheinlich.« Sie hatte Theo vom Streit wegen Nizza erzählt und auch erwähnt, dass Wandern im Allgäu Höchststrafe für sie war, obwohl Theo das auch so gewusst hätte.

»Lass uns zu allererst Anouk anrufen«, überlegte er weiter. »Vielleicht weiß sie irgendwas, und wenn nicht, hat sie bestimmt eine Idee. Vielleicht sind die beiden ja auch zusammen los und Anouks Mutter weiß Bescheid.«

Johann nickte und wählte, ohne ein Wort zu sagen. Er machte sich Sorgen, und je mehr Zeit verging, umso mulmiger wurde auch Theo.

Warum hatte er nicht gestern mit ihr gesprochen? Warum war er nicht früher zu ihr gekommen? Warum? Warum? Warum?

Anouk hatte ebenfalls keine Ahnung, wo Charlie war, war aber innerhalb von zwanzig Minuten da.

Nun saßen sie gemeinsam in der Küche der Haferkamps, starrten auf den Notizzettel und versuchten immer wieder, Charlie telefonisch zu erreichen. Aber ihr Handy blieb stumm. Und die Mailbox brachte sie kein Stück weiter.

Johann spielte mit dem Gedanken, seine Eltern anzurufen, ließ es aber sein, um sie nicht zu beunruhigen.

Sie drehten sich im Kreis. Theo war mittlerweile eine

Runde zum See gefahren und hatte bei Toni nachgefragt, der versprach, sich sofort zu melden, wenn er etwas hörte.

Es war bereits kurz nach halb drei, der Regen hatte langsam ein wenig nachgelassen, alle French Toasts waren aufgegessen, als Anouks Handy den Eingang einer WhatsApp anzeigte.

18

YEAH! (SNOOPY)

Es war ihr schon klar gewesen, dass Johann oder Anouk ihren Aufbruch bemerken würden. Wenigstens bei Theo hatte sie gehofft, dass er mit Elies zu abgelenkt sein würde, um gleich zu reagieren. Aber anhand der Anrufzeiten konnte sie erkennen, dass er der Erste gewesen war, der versucht hatte, sie zu erreichen. Das war um 11.37 Uhr gewesen. Seitdem waren dreiundzwanzig Anrufe eingegangen. Von ihm, von Anouk und von Johann. Sie fühlte sich schlecht. Es war ja nicht so, dass sie ihren Freunden und ihrem Bruder Sorgen machen wollte. Sie wollte einfach nur sicher sein, dass sie weg war und niemand versuchen würde, sie aufzuhalten. Gut, das war ihr gelungen. Jetzt aber stand sie am Flughafen in Nizza, im Begriff, in den Shuttle in die Innenstadt zu steigen, und konnte es nicht mehr aufschieben: Es war allerhöchste Zeit, sich zu melden, auch wenn sie Angst vor diesem Anruf hatte. Vielleicht musste es ja kein Anruf sein, dachte Charlie und beschloss, Anouk zu schreiben.

Hi Nucki, schrieb sie. *Es tut mir leid.*

WAS?, schrieb Anouk zurück, kaum hatte sie Charlies Nachricht gelesen. *WO BIST DU?*

Ich bin in Nizza, schrieb sie und drückte auf Senden, bevor sie die Nachricht wieder löschen konnte.

Charlie schüttelte den Kopf. Es half nichts. Sie würde mit jemandem sprechen müssen, wenn sie nicht wollte, dass alle komplett ausflippten. Auch wenn es ihr nicht leichtfiel, wählte sie Anouks Kontakt aus und versuchte, tief ein- und wieder auszuatmen, solange es klingelte.

»Du bist … bitte was?« Anouk schrie förmlich durchs Telefon. Charlie konnte sich lebhaft vorstellen, wie alle um ihre Freundin herumsaßen und gebannt an ihren Lippen hingen.

»Mach auf Lautsprecher!« hörte sie Johann im Hintergrund rufen.

»Bitte nicht, Anouk, ich möchte mit *dir* reden. Dann kann ich es besser erklären.«

»Gut, dann lass ich den Lautsprecher aus. Jetzt leg endlich los.« Sie schrie nicht mehr, aber Charlie konnte hören, wie wütend ihre Freundin war. Das hatte sie wohl auch verdient. »Wir haben uns alle große Sorgen gemacht hier, weißt du das eigentlich?«

»Ja, das weiß ich«, gab sie kleinlaut zu.

»Also erzähl. Wieso bist du in Nizza? Wann hast du das beschlossen? Warum hast du nichts gesagt? Und wo ist Maxim?«

Lauter Fragen, die sie nicht so richtig beantworten konnte. Bis auf eine.

»Maxim ist … er … weiß gar nicht, dass ich da bin«, murmelte Charlie. Plötzlich fühlte sich ihr großartiger Überraschungsbesuch gar nicht mehr so großartig an, sondern eher so, als wäre sie ziemlich unvorbereitet aufgebrochen. Was ja auch stimmte.

»Er weiß nicht …?« Fassungslos schnappte Anouk nach Luft.

»Charlie, du spinnst komplett! Du kannst doch nicht einfach … Wo willst du denn jetzt hin? Wo willst du schlafen? Und überhaupt: Woher weißt du denn, dass er in Nizza ist und dich sehen will? Er könnte doch weiß Gott wo sein?«

»Anouk, ich will das nicht hören! Ich habe mit ihm geschrieben! Er liebt mich und hat genauso gehofft, dass wir uns treffen können wie ich! Du wirst sehen, wenn ich ihn gefunden habe, wird alles gut!« Selbst in Charlies Ohren hörte es sich an, als wolle sie sich selbst überzeugen, aber für Zweifel war es jetzt zu spät.

Kurz gab es ein Gerangel, dann hatte sie ihren Bruder am Ohr. »Schwesterchen, ich sage das nur einmal: Wir haben unseren Eltern versprochen, aufeinander aufzupassen, und du bist einfach abgehauen? Du weißt, ich bin immer auf deiner Seite und hey, ich wollte auch Spaß haben, aber nach Nizza fliegen, Charlie, einfach so und ohne dass jemand was weiß oder dass ich mitkommen konnte, das ist alles andere als korrekt! Woher hast du überhaupt das Geld?«

»Das … der Flug hat fast nichts gekostet und … ich habe … mein Geburtstagsgeld …«

»Du hast was?«, brüllte ihr Bruder wütend. »Dein Führerscheingeld? Hast du sie noch alle? Für einen Typen, den du kaum kennst? Und noch nicht einmal weißt, ob er überhaupt da ist?«

Charlie spürte, wie sie so langsam selbst wütend wurde.

Traute ihr eigentlich niemand zu, für sich selbst Entscheidungen zu treffen? Sie war doch kein Baby mehr!

»Das kann dir ja wohl egal sein, wofür ich mein Geld ausgebe, oder?«

»Das kann es, ist es aber nicht. Und was mir noch viel weniger egal ist, kleine Schwester, ist, dass du in Frankreich bist und ich keine Ahnung habe, mit wem! Wo ist er denn überhaupt, dieser Maxim? Gib ihn mir mal, damit ich ihm klarmachen kann, was für ein verantwortungsloser Arsch er ist, dass er dich nach Frankreich lotst, und …«

»Er ist nicht hier«, sagte Charlie tonlos. Das war schrecklich. Warum hassten alle Maxim? Er konnte doch überhaupt nichts dafür. Es war ihre Idee gewesen, ihr Geld und … Sie räusperte sich.

»Charlie, bist du noch dran?«

Gott sei Dank hatte Johann Anouk das Telefon zurückgegeben. Charlie sammelte sich und versuchte, ihrer Stimme wieder eine gewisse Festigkeit zu geben. »Nucki, ich bin jetzt hier in Nizza und ich werde auch nicht wieder nach Hause kommen. Mein Rückflug geht in zehn Tagen und so lange bleibe ich, egal was passiert.« *Egal was passiert.* Bisher hatte es in ihrem Kopf keine andere Option gegeben, außer der, dass Maxim sie voller Liebe und freudestrahlend in seine Arme schließen würde, aber Johann und Anouk hatten dafür gesorgt, dass sie unsicher wurde. *Was, wenn es eben doch nicht so war?* Auf einmal kamen ihr diese zehn Tage, auf die sie sich so sehr gefreut und keine Zweifel daran gehabt hatte, ziemlich lang vor. Sie schnaubte. »Ihr macht alles kaputt! Warum seid ihr alle gegen ihn? Du hast doch seine Nachrichten gelesen?

Warum sollte er mich anlügen? Nein, Anouk. Ich bin hier, ich werde Maxim finden, und ich bleibe. Und es ist mir völlig egal, was ihr davon haltet. Es ist echt kein schönes Gefühl, dass ihr mir so wenig zutraut und nichts gönnt! Dabei habt ihr doch alles, was ihr wollt! Johann und Nucki! Theo und Elies!«, zischte sie ins Telefon. Plötzlich wich ihre ganze Kraft aus dem Körper und sie sank an einem riesigen Palmen-Kübel zu Boden. »Charlie und … kann euch doch egal sein, wo und mit wem ich bin«, ergänzte sie leise.

Am anderen Ende war es still. Der Einzige, der noch nicht mit ihr gesprochen hatte, war Theo. Ob er wohl auch wütend darüber war, dass sie nach Nizza geflogen war, und deshalb nicht mit ihr sprechen wollte?

»Ich lege jetzt auf«, sagte sie und wünschte, wenigstens einer von ihnen hätte sich für sie gefreut oder zumindest verstanden, warum sie aufgebrochen war. Dann, gerade in dem Moment, in dem sie auflegen wollte, hörte sie doch noch Theos Stimme.

»Schroeder ist fake, Charlie Brown«, flüsterte er. »Ich bin an allem schuld.« Seine Stimme hörte sich merkwürdig tonlos an, aber das war Charlie gleichgültig. Wenn sie sich jetzt auch noch von ihm Vorwürfe anhören musste, weil sie hier war, und er ihr vorhielt, für wie falsch er Maxim hielt, dann drehte sie durch. Er sollte sich lieber um seine Elies kümmern. Maxim war nicht fake. Er liebte sie. Und Charlie war hier, um das zu beweisen. Sie würden sich alle noch umschauen müssen, wenn sie begriffen, was Sache war.

»Schön für dich«, sagte sie schnippisch und legte auf.

19

EIN GROẞARTIGER TITEL FÜR MEIN NEUES BUCH: DINGE, DIE ICH GELERNT HABE, ALS ES ZU SPÄT WAR. (SNOOPY)

Ein paar Atemzüge lang starrte sie ihr Handy so wütend an, als wäre es nicht einfach nur ein Telefon, sondern Johann, Theo oder Anouk. Maxim war nicht fake! Was für ein Schwachsinn! Sie hatte es geahnt: Der Anruf hatte ihr die komplette Vorfreude verdorben, aber er hatte nichts an ihrem Ziel geändert. Jetzt wollte sie Maxim erst recht sehen. Schon allein, um ihren Freunden zu zeigen, dass sie unrecht mit ihm hatten.

Energisch versuchte sie, jeden Gedanken an Theo beiseitezuschieben, aber es gelang ihr nicht. *Schroeder ist fake.* Einen größeren Schwachsinn hatte sie noch nie gehört. Kurz überlegte sie, ob sie Screenshots ihrer Chats an einen von den dreien schicken sollte, aber dann ließ sie es bleiben. Anouk kannte schließlich die Nachrichten und es gab überhaupt keinen Grund, irgendjemand etwas zu beweisen. Je mehr ihr Bruder, ihr bester Freund und ihre Freundin an Maxim zweifelten, umso mehr hatte sie das Bedürfnis, ihnen zu zeigen, dass sie unrecht hatten. Es ging um mehr als nur um Maxim und sie, so viel war klar. Um Wahrheit und Vertrauen. Und außerdem wollte sie sich selbst versichern, dass ihre Gefühle echt und wertvoll waren. Sie wollte die Schmetterlinge zurück und mit Maxim wieder glücklich sein.

Sie gab sich einen Ruck und bestieg den Shuttle. Glücklicherweise reichten die Fahrt vom Flughafen bis in die Stadt und der Blick auf das blau funkelnde Meer aus, um ihre gute Laune wiederherzustellen, obwohl Charlie nicht länger als zwanzig Minuten unterwegs war. Schon die Wärme und der Geruch nach Salzwasser und Sommer ließen ihr Herz höherschlagen. Bald würde sie Maxim sehen. In seinen Armen liegen. Alles würde gut werden. Sie lächelte bei dem Gedanken an das Selfie, das sie sofort machen und an ihre Freunde und Johann schicken würde. Charlie hatte extra das Snoopy T-Shirt angezogen, das sie letztes Jahr mit Maxim bemalt hatte. Sie hatten ja alle keine Ahnung. Natürlich hätte sie viel lieber diese Reise mit deren Segen gemacht – am allerliebsten auch noch mit dem ihrer Eltern –, aber wenn das nicht möglich war, dann eben ohne, dachte sie trotzig.

Ihre Ankunftszeit war perfekt. Charlie hatte kurz überlegt, die wenigen Kilometer vom Flughafen an der Promenade entlang in die Altstadt zu laufen, aber ihre Tasche war ihr dann doch zu schwer, auch wenn sie nicht viel eingepackt hatte.

Ein Argument fürs Laufen wäre gewesen, dass sie sich dann zwischendurch immer wieder auf einen der Metallstühle hätte setzen können, die dort überall herumstanden, um einfach nur aufs Meer zu schauen. Aber dafür würde sie in den nächsten Tagen mehr als genug Zeit haben. Maxim musste sicher arbeiten. Doch das war egal. Im Grunde war sie ganz froh, dass sie ein bisschen Zeit für sich haben würde. Schließlich gab es genug, worüber sie nachdenken musste. Immerhin würde Charlie in zehn Tagen wieder zu Hause sein, und es fühlte sich an, als wäre nichts mehr wie zuvor. Schon jetzt hatte sich so viel verändert, dass sie nicht wusste, ob sie überhaupt noch Freunde hatte. *Als ob irgend so ein Kerl was an unserer Freundschaft ändern könnte! Niemals!,* hatte Anouk erst gestern zu ihr gesagt, aber es kam ihr eher so vor, als wäre es Jahre her.

Charlie schloss kurz die Augen und atmete die salzige Luft tief ein. Wenigstens das war wie im letzten Jahr. Schade, dass sie nicht als Sprachschülerin gekommen war, denn dann hätte Maxim am Flughafen gestanden und Charlie mit einem großen Schild willkommen geheißen. Aber das wäre dieses Jahr auch viel verlangt gewesen, schließlich wusste Maxim ja noch nicht einmal, dass sie da war.

Und dennoch sah sie an jeder Ecke sein Gesicht. Es hätte sie nicht gewundert, wenn er plötzlich einfach vor ihr gestanden hätte, so sehr fühlte sie seine Nähe. Ihr Herz schlug aufgeregt, als sie um kurz nach drei endlich am »Chez Babette« ankam, einem kleinen gemütlichen Cafè, das in zweiter Reihe hinter der Promenade des Anglais lag. Es hatte einen ziemlich großen Vorgarten und vermutlich war allein der Platz ein Vermögen wert, aber anscheinend hatten die Besitzer beschlossen, das ursprüngliche Gebäude zu erhalten und somit eine kleine Oase hinter den großen

Hotels und inmitten der modernen Architektur von Nizza geschaffen. Das »Chez Babette« lag drei Blocks von der Sprachschule entfernt auf dem Weg zum Strand, weshalb sie beinahe jeden Nachmittag nach dem Unterricht dort hingegangen waren. Es sah aus wie eine ehemalige Scheune oder eine kleine Lagerhalle für Schiffe, die die Besitzer bis auf die stabilen Grundbalken und das große Scheunentor vom Holz befreit, weiß angestrichen und die Zwischenräume mit Glasschiebetüren versehen hatten. Die Holzplanken im Inneren und der Fußboden waren ebenfalls weiß lackiert und überall standen gemütliche Sessel, Sofas, Tische und Strandkörbe, die allesamt aus alten Paletten gebaut und weiß lasiert waren. Selbst der Tresen war aus Paletten und darauf, in verschnörkelten Glas-Etageren, gab es bunte Macarons, duftende Madeleines und reich verzierte Petit Fours. Charlie hatte sich meistens mit einer Limonade begnügt, weil sie sich mehr einfach nicht leisten konnte, aber heute wollte sie sich eines von den unglaublich lecker belegten Sandwiches dazu gönnen, um ihre neue Freiheit zu feiern.

Wie im letzten Sommer stand das Eingangstor weit offen und Charlie fühlte sich beim Eintreten, als wäre sie in eine Zeitschleife geraten. Alles war wie immer. Bis auf die Tatsache, dass der Typ hinter dem Tresen sie nicht wiedererkannte (was kein Wunder war, denn immerhin war sie vor einem Jahr das letzte Mal da gewesen), aber auch die anderen Gäste waren fremd. Insgeheim hatte sie darauf gehofft, dass Maxim einfach so da sein würde. Wer so sehr füreinander bestimmt war, der würde doch wissen, dass der andere nah war, oder etwa nicht? Kurz dachte Charlie an Theo und daran, wie oft sie auch ohne Verabredung einfach so wusste, dass er gleich auftauchen würde und umgekehrt. Schnell schob sie den Gedanken beiseite. Theo hatte hier nichts verloren. Jetzt waren Charlie und Maxim dran. Er würde schon noch kommen, ermutigte sie sich selbst.

Es war merkwürdig, allein in ein Café zu gehen und sich einen Tisch zu suchen. Sollte sie einen größeren wählen, wenn Maxim mit Schülern der Sprachschule kam? Oder besser einen kleinen, damit sie ungestört waren?

Vor fünf würde er vermutlich trotz all ihrer Sehnsucht nicht auftauchen, zumindest nicht, wenn sich die Abläufe an der Schule nicht geändert hatten. Charlie entschied sich für einen Strandkorb im Garten, an dem ein kleines Bistro-Tischchen sowie ein paar normale Stühle standen. Von dort aus konnte sie Maxim sofort sehen, und selbst wenn er in Gesellschaft kam, waren sie beide vor den Blicken der anderen geschützt. Wenigstens ein bisschen. Für den Anfang. Natürlich war sie stolz darauf, dass sie seine Freundin war, aber das musste man den anderen ja nicht sofort unter die Nase reiben. Es kam so angeberisch rüber und sie wollte sich ja mit den ganzen Schülern (und vor allem auch mit den Schülerinnen) gut verstehen. Außerdem war der Strandkorb ideal dafür, einen klitzekleinen Mittagsschlaf zu halten. Schließlich hatte Charlie in der letzten Nacht nicht wirklich viel geschlafen, und heute würde daraus bestimmt auch nichts werden. Sie lächelte zuversichtlich. Wer hätte gedacht, dass sich ihre Träume dann doch so schnell erfüllen würden?

THEO

»Du hast … was?« Dass Johann ihm nicht sofort an die Gurgel ging, war beinahe ein Wunder. Es war schrecklich. Alle Erklärungsversuche, die sich Theo für das Gespräch mit Charlie zurechtgelegt hatte, waren wie weggeblasen, dafür hörte sich jeder Satz, den er zu Anouk und Johann sagte, selbst in seinen Ohren falsch und bescheuert an. Ihm war kotzübel und er fühlte sich, als würde er gleich ohnmächtig werden. Er hatte alles vermasselt und schlimmer noch, Charlie in Gefahr gebracht, weil er mit der Wahrheit zu lange gewartet hatte.

Er schloss die Augen und ließ langsam das Telefon sinken.

»Ich habe … Es war nicht …« Seine Stammeleien halfen niemandem weiter. Wortlos schob Theo den beiden sein Handy zu und öffnete seinen Snapchat-Account, damit sie die Chats selbst lesen konnten.

»*Du* bist I_am_Schroeder?« Mit großen Augen sah Anouk von seinem Telefon auf. »Du bist …« wiederholte sie, bevor sie sich kopfschüttelnd wieder über die Nachrichten beugte.

Während Johann und Anouk lasen, fühlte Theo sich immer schrecklicher. Auch wenn Charlie ihren Anteil an diesem ganzen Schlamassel hatte, so war doch er hier in der sicheren Küche und sie in Nizza und dachte, dass ihr Freund dort auf sie warten würde. Ihr Freund, von dem sie seit beinahe zwei Wochen nichts gehört hatte und der sie vermutlich längst vergessen hatte. »Scheiße, Mann!«

Johann schlug wütend auf den Tisch, während Anouk mit großen Augen von Johann zu Theo und wieder zurück sah.

»Und was machen wir jetzt?« Ihre Augen füllten sich mit Tränen.

Es war fast drei. Charlies Handy war wieder aus, sie war sauer auf alle und allein in einer Stadt, die sie bisher nur sehr behütet erlebt hatte. Wer wusste schon, was Nizza für ein sechzehnjähriges Mädchen bereithielt, das keine Ahnung hatte, dass ihr »Maxim« nicht in Frankreich, sondern bei den Haferkamps am Tisch saß und verzweifelt nach einer Lösung suchte.

»Wir?« Theo schaute von Anouk zu Johann. »Nein, ich habe das verursacht und ich muss es auch wieder in Ordnung bringen.« Er dachte an die paar Euro, die dank Toni auf seinem Konto lagen und die er für seinen Führerschein zur Seite gelegt hatte. Anders als Charlie hatte er nämlich niemand, der ihm ein gewisses Polster dafür zum Geburtstag schenkte. Aber das Geld war ihm egal. Er hätte jeden Cent und noch mal so viel dafür hergegeben, wenn er nur Charlie damit zurückholen konnte. Er musste nach Nizza. Irgendwie. Seine Mutter würde es sicher verstehen, vielleicht sogar unterstützen, oder Variante zwei: gar nicht erst bemerken, dass er weg war. Während Theo im Internet Schnäppchenflüge durchforstete, stieg die Panik immer schneller in ihm auf und drückte ihm langsam, aber sicher die Luft ab. Es gab nur einen einzigen Flug nach Nizza pro Tag. Den heute hatte Charlie genommen, und morgen war kein einziger Platz mehr frei. Sowieso: Morgen war zu spät. Er musste heute dorthin. Mit dem Zug war er viel zu lang unterwegs und der einzige Bus, den er fand, fuhr irgendwann heute Nacht, kam am nächsten Tag um die Mittagszeit in Nizza an und – war auch ausgebucht. Verzweifelt fuhr er sich durch die Haare. Er brauchte einen Einfall, verdammt! Er musste zu Charlie und wenn er zu Fuß dorthin gehen würde.

Theo senkte seinen Blick und hörte nur, wie Johann aufstand und gegen den Tresen trat, bevor er die Küche verließ.

Anouk setzte sich neben ihn und legte ihren Arm um seine Schultern. »Theo!« Ihre Stimme klang nicht mehr wütend, eher so, als ob sie ihn trösten wollte.

Dennoch schämte er sich so unendlich, dass er es nicht einmal schaffte, aufzusehen.

»Theo?«, wiederholte sie fragend.

»Mmmh«, brummte er und starrte auf die Tischplatte. Ihm war nach Heulen zumute.

»Ich kann mir vorstellen, wie du dich fühlst.« Sie stieß mit ihrer Schulter an seine. »Komm schon. Wir alle kennen Charlie und ihren Dickkopf!« Es war nett, dass sie ihn aufmuntern wollte, aber völlig sinnlos.

»Das hat damit nichts zu tun! Sie ist dort, wir sind hier und … und …« Scheiße!

»Nein, hat es nicht. Das stimmt schon. Aber ich weiß, dass Charlie oft genug das hört, was sie hören will. Sie wollte nach Nizza. Und sie ist nach Nizza geflogen. Wahrscheinlich hätte sie das auch ohne diese Nachrichten gemacht. Obwohl ich zugeben muss, dass sie wirklich ganz schön irreführend sind, wenn man sie so verstehen will, wie sie das wollte.«

Als ob er das nicht auch wüsste. Trotzdem. Anouk meinte es nur gut.

»Das ist echt nett von dir, Nucki, aber was bringt mir das jetzt?« Theo ließ seinen Kopf auf seine Hände fallen.

»Oh, das? Nein, ich denke, das bringt dir wenig. Aber vielleicht hilft es dir ja, dass Johann gerade ein paar Sachen zusammenpackt. Denn auch wenn er stinksauer auf dich ist, so würde er ganz sicher weder dich noch seine Schwester im Stich lassen.«

»Wirklich super, dass Johann packt, aber was bringt uns eine gepackte Tasche, wenn wir weder mit dem Zug oder dem Flugzeug rechtzeitig zu ihr kommen?« Nun schaffte er es wenigstens, sie anzusehen. Wie auch immer sie es schaffte, aber Anouk lächelte. Sofort ging es Theo besser. Wenigstens hasste sie ihn nicht komplett.

»Na ja, sagen wir so: Während du hier Kreise in den Boden gelaufen bist, habe ich mit einem gewissen Antonio Bertazzoni telefoniert.« Schon als sie Tonis Namen nannte, spürte er, wie eine leise Hoffnung in ihm aufkeimte, und er setzte sich aufrecht hin, als sie einfach weitersprach. »Er war zwar nicht begeistert, dass wir ihn nicht mitnehmen wollen, aber ich konnte ihn davon überzeugen, dass er bei Anna dringender gebraucht wird. Aber er leiht uns seinen Bus und …«

Den Rest hörte Theo schon nicht mehr. »Bin gleich zurück!«, rief er und rannte nach Hause, wo er völlig planlos ein paar Klamotten in eine Reisetasche warf. Seine Mutter würde er von unterwegs aus anrufen. Personalausweis, EC-Karte. Schlafsack. Zelt. Ein paar Flaschen Wasser. Er war zu konfus, um wirklich sinnvoll zu packen, aber das war alles auch nicht wichtig. Sie würden nach Nizza fahren. Heute noch. Jetzt gleich.

20

SCHAU IMMER NACH VORN, DAS IST DAS GEHEIMNIS DES LEBENS! (SNOOPY)

Charlie musste eingenickt sein. Als sie wieder aufwachte, war ein Großteil der Leute gegangen und andere dafür gekommen. Sie hatte einen komischen Geschmack im Mund und fühlte sich benommen. Ein Blick auf die Uhr zeigte ihr, dass sie ziemlich lang geschlafen hatte. Es war fast sechs Uhr, und diejenigen, die jetzt an den Tischen Platz nahmen, hatten keine Badeklamotten mehr an. Sie bestellten Cocktails oder einen Aperitif und überbrückten vermutlich die Zeit, bis sie irgendwo in einem netten Restaurant zu Abend essen würden. Pünktlich bei diesem Gedanken knurrte Charlies Magen. Hatte sie Maxim verpasst? Normalerweise kamen die Sprachschüler spätestens um fünf hier vorbei. Aber dann wären sie sicher noch da. Die junge Frau, die sie schon vorhin bedient hatte, kam an ihren Tisch und zwinkerte ihr fröhlich zu. Ob sie eine anstrengende Nacht gehabt hatte, fragte sie auf Französisch, und Charlie hatte alle Mühe, ihr ebenfalls auf Französisch zu antworten. Sie wusste, dass um diese Zeit die Tische im »Chez Babette« sehr begehrt waren und sie sich schnell entscheiden musste, ob sie noch einmal etwas bestellen oder doch lieber gehen wollte. Es war sowieso schon sehr freundlich gewesen, dass die Bedienung sie einfach in Ruhe hatte schlafen lassen, und Charlie war sich bewusst, dass das nicht länger möglich war.

Suchend schaute sie sich um, aber eine schnatternde fröhliche Gruppe ausländischer Teenies konnte sie nirgends entdecken. Vermutlich hätte sie sie auch sofort gehört. Insgeheim überschlug Charlie ihre Geldreserven. Es war eine Sache, die Ankunft in Nizza zu feiern, aber ein bisschen musste sie auch sparen. Schließlich wollte sie es auch in den nächsten Tagen noch nett haben. Klar, sie konnte an irgendeinem Automaten Bargeld abheben, aber ihr ganzer Plan war auf Maxim ausgerichtet gewesen und … er war immer noch nicht da.

Charlie bestellte ein Mineralwasser, aber der Blick der Kellnerin sagte alles. Wenn sie bleiben wollte, würde sie etwas essen müssen. Sie fragte ihre Tischnachbarin, ob sie kurz nach Charlies Taschen sehen konnte, und ging auf die Toilette, um sich ein wenig frisch zu machen, in der Hoffnung, dass nicht ausgerechnet jetzt Maxim auftauchen würde.

Als sie zurückkam, stand ihr Wasser auf dem Tisch. Die Kellnerin hatte die Rechnung unter das Glas geklemmt. Deutlicher ging es wohl kaum.

Charlie fühlte sich einsam und auch wenn sie bis vorhin noch stinkwütend auf Anouk gewesen war, wäre es jetzt eben doch schön gewesen, wenn sie hier wäre. Zu zweit hätten sie bestimmt viel zu lachen gehabt, Menschen beobachtet und es hätte sich nicht nach Wartezeit angefühlt, sondern wirklich nach Urlaub. Oder Theo. Aber der war ja wohl sowieso der Letzte, der jetzt gerne hier wäre. Immerhin hatte sie ihn angeschrien und dann aufgelegt. Bestimmt war er wütend. Klar, sie war auch wütend. Aber auch wenn sie sich immer noch im Recht fühlte, so hatte sie plötzlich das unbändige Bedürfnis, Theo anzurufen und sich zu versöhnen.

Je länger sie wartete, umso mehr verließ sie der Mut. Ob sie sich doch vielleicht zu viel zugetraut hatte? Anders vorgestellt hatte sie es sich definitiv. Ein Feuerwerk der Freude und Überraschung hatte sie erwartet, einen vor Glück strahlenden Maxim und ein überbordendes Kribbeln im Bauch. Stattdessen saß sie seit Stunden einsam herum, vermisste ihre Freunde, allen voran Theo und dessen Scherze, und wünschte sich sogar, ihr Bruder wäre mit ihr da. Plötzlich verstand sie überhaupt nicht mehr, warum sie ihnen nicht Bescheid gesagt hatte. Jetzt konnte sie sich allerdings auch nicht mehr die Blöße geben, anzurufen und zuzugeben, dass es vielleicht doch nicht die allerbeste Idee gewesen war, ohne Plan hierher zu kommen. Denn selbst wenn sie das wussten, so musste Charlie doch ganz allein da durch.

Maxim, wo bist du?, fragte sie die immer tiefer stehende Sonne, aber eine Antwort bekam sie leider nicht.

THEO

»Los, lass uns fahren!« Theo trommelte ungeduldig auf das verbeulte Dach von Tonis Bus, auf dem in großen grün-weiß-roten Lettern »Antonio Bertazzoni« prangte und darunter ein riesiger, unglaublich kitschiger Eisbecher mit Sahne und Kirsche und allem Drum und Dran. Charlie und Theo machten sich immer darüber lustig, weil Toni selbst solche überladenen Eisbecher total verabscheute und niemals essen oder freiwillig servieren würde. Aber bei der Werbung auf seinem Auto hatte er darauf bestanden, zu zeigen, was möglich war. Theoretisch.

Für Theo hätte es schon vor einer halben Stunde losgehen können. Dass sie hier herumstanden, kostete wertvolle Minuten, die sie näher nach Nizza bringen konnten.

»Moment noch, Teodoro, ein gutes Ding will Weile haben!« Toni war ein waschechter Sizilianer und als solcher liebte er Sprichwörter ganz besonders. Er ließ es sich auch nicht nehmen, sie im Deutschen zu benutzen, wann auch immer er die Gelegenheit fand. Unter normalen Umständen brachte er sowohl Charlie als auch Theo damit immer zum Lachen, aber heute war ihm absolut nicht danach zumute.

»Habt ihr eure Personalausweise?«

»Ja, Toni.«

»Die Papiere vom Auto sind hinter …« Er klappte zum wiederholten Mal die Sonnenblende beim Fahrersitz hinunter.

»Das haben wir schon besprochen, Toni, bitte.«

Unbeirrt von Theos Flehen fuhr Toni fort: »Und wenn was passiert, was macht ihr dann?«

»Wir rufen an«, antwortete Theo und verdrehte die Augen, aber Toni ließ nicht locker.

»Wen?«

»Antonio Bertazzoni«, sagten alle drei im Chor.

»Bene. So ist es recht. Dann …« Toni grinste zufrieden und drehte sich zur Eingangstür um, die sich gerade öffnete. »… fehlen nur noch zwei Sachen.«

Kurz hatte Theo Angst, dass er doch noch sich und Anna damit meinen könnte, aber Toni machte eine ausholende Armbewegung und wies mit einer kleinen Verbeugung auf Anna, die sich gerade durch die Tür zwängte, beladen mit einer riesigen Transportkiste, die offensichtlich ziemlich schwer war.

»Oder wolltet ihr ohne Essen aufbrechen?« Kopfschüttelnd nahm er seiner Frau die Kiste ab und stellte sie in den Kofferraum. »Ich glaube, das reicht für ein paar Tage in Frankreich«, sagte er zufrieden und begann aufzuzählen, was alles in der Kiste war.

»Wow, das ist echt nett, Toni und Anna. Aber wir müssen jetzt wirklich fahren!« Bei dem Gedanken daran, wie weit sie noch von Charlie entfernt waren, wurde Theo schon wieder ganz flau im Magen. Rechtzeitig anzukommen hieß, dass sie dort waren, bevor Charlie auf Maxim traf. Falls sie auf ihn traf. Falls nicht, wäre das beinahe genauso schlimm. Aber das Allerschlimmste war, dass er sich zudem noch Gedanken darüber machen musste, was passieren sollte, wenn sie in Nizza ankamen. Denn, Überraschung: Charlie hatte ihnen weder verraten, wo genau sie war, noch was sie für Pläne hatte. Theos einziger Anhaltspunkt war die Sprachschule, bei der sie vielleicht nach Maxim suchen würde. Wahrscheinlich war dieser Vollidiot sowieso ihre einzige Möglichkeit, was Theo noch mehr verabscheute, denn wenn Charlie in Nizza war, um Maxim zu finden, war er auch der Schlüssel zu ihr. Fakt. Aber egal, wie er es drehte und wendete: Charlie in Nizza zu finden war vermutlich ähnlich schwierig, wie eine Nadel im Heuhaufen zu suchen.

Er wollte jetzt los. Auf der Stelle. Höchste Zeit, das hier hinter sich zu bringen.

»Und das Zweite, das deiner Meinung nach fehlt, Toni?« Johann wollte nicht unhöflich sein, auch wenn er und Anouk ebenfalls ziemlich unruhig waren.

»Oh, das Zweite ist das Wichtigste!« Er breitete seine Arme aus und winkte die drei mit beiden Händen näher.

»Gott schütze euch, Kinder! Und Carlotta!«, sagte er mit seiner tiefen warmen Stimme, als er einen nach dem anderen in eine feste Umarmung zog. »Gott schütze euch alle!« Er wischte sich eine Träne aus dem Augenwinkel und ließ sie endlich einsteigen.

Als sie in Richtung Autobahn unterwegs waren, sprachen sie kein Wort. Zum einen, weil jeder mit seinen Gedanken beschäftigt war, und zum anderen, weil sie sich alle ein bisschen von Toni erholen mussten. Aber zum Sprechen würden sie wohl auch noch genug Zeit haben. Immerhin zeigte das Navi an, dass sie neun Stunden und ein paar Minuten bis Nizza brauchen würden. Dann wäre es ungefähr halb elf. Sehr spät, um jemanden zu suchen, von dem man noch nicht einmal wusste, wo er – vielmehr sie – sich aufhielt.

Sehr spät war okay. Theo betete inständig, dass es nicht *zu spät* war.

21

WOHER WEIß ICH, DASS ICH JEMAND VERTRAUEN KANN? (CHARLIE BROWN) WENN ER BELLT ODER MIAUT. (SNOOPY)

Es gab nichts zu beschönigen: Er war nicht gekommen. Einfach nicht aufgetaucht. Es war nach acht, als Charlie sich eingestehen musste, dass ihr Plan nicht aufgegangen war. Anstatt in die Sprachschule zu fahren, wo sie ihm vermutlich sofort über die Füße gestolpert wäre, hatte sie alles auf das »Chez Babette« gesetzt. Aber woher wollte sie überhaupt wissen, dass er nach wie vor jeden Tag hier auftauchte? In einem Jahr konnte sich so viel geändert haben – Menschen, Orte, Meinungen, Gefühle. Gefühle am allermeisten. Vielleicht war das »Chez Babette« längst nicht mehr das Stammcafé der Sprachschüler, oder Maxim ging nicht mehr mit, oder … was auch immer. Jetzt konnte Charlie jedenfalls nicht mehr zur Schule gehen, dafür war es zu spät. Während sie die Menükarte zum bestimmt zehnten Mal von vorne bis hinten durchlas, obwohl sie sie mittlerweile beinahe auswendig konnte, wurde ihr klar, dass sie nur aufgrund von viel zu wenigen Worten davon ausgegangen war, dass alles gleich geblieben war. Vor allem auch zwischen ihnen. Immer wieder schoss ihr das, was Theo gesagt hatte, durch den Kopf. *Schroeder ist fake. Schroeder ist fake.* Was sollte das heißen? Maxim und sie hatten nicht miteinander gesprochen. Telefoniert. Gefacetimed. Was auch immer. Charlie wusste nichts über … nichts und alles, worauf sich ihre Hoffnungen begründet hatten, war das, was sie in seinen Nachrichten und zwischen den Zeilen gelesen hatte. *Ich bin in dich verliebt, seitdem ich dich das erste Mal gesehen habe …* Das schrieb man doch nicht einfach so, ohne Grund, oder?

Sie versuchte, die Tränen zurückzudrängen, die ihr in die Augen stiegen.

Charlie machte ihr Handy an, in der Hoffnung, auch jetzt ihre Zuversicht in Maxims Nachrichten wiederfinden zu können. Er hatte ihr nicht geschrieben. Die Ortungsfunktion war aus und er schien auch gerade nicht aktiv zu sein. Sie selbst hatte für einen Moment überlegt, ihr Geheimnis zu lüften und ihm einfach zu schreiben, dass sie da war. Doch dann hatte sie diese Idee wieder verworfen. Sollte er jedoch aus irgendwelchen kosmischen oder sonstigen Zufällen nach ihr auf Snapchat schauen, schaltete sie jetzt sicherheitshalber diese Funktion für sich selbst frei. Jeder ihrer Freunde konnte nun sehen, dass sie in Nizza war.

Was für ein Glück, dass ihre Eltern mit dieser App nichts anfangen konnten, dachte Charlie kurz mit einem grimmigen Lächeln. Auch wenn sie sich eingestehen musste, wie gerne sie Theo, Anouk oder auch Johann hier bei sich gehabt hätte – auf ihre Eltern und deren »Ich hab's dir ja gleich gesagt«-Blick konnte sie wirklich prima verzichten.

Aber die alten Nachrichten konnte sie trotzdem noch einmal lesen. Entweder gaben sie ihr wieder Hoffnung oder sie fand vielleicht wenigstens etwas, das ihr half, klarer zu sehen.

I_am_Schroeder

> ... ich vermisse dich mehr, als du dir vorstellen kannst, und ich wünschte, wir könnten zusammen sein. Ich werde alles dafür tun, dass das eines Tages und so bald wie möglich passiert. XX, Schroeder

Da. Er hatte es gesagt. Resolut wischte Charlie ihre Zweifel beiseite und verbannte Theo aus ihren Gedanken. Wenn Maxim das schrieb, dann meinte er es auch. Und wenn er nicht hierherkam, dann war vielleicht etwas dazwischengekommen und dann musste Charlie eben schauen, wo sie ihn finden konnte. Später. Morgen.

Lustig, sich selbst auf dem Display zu sehen. Sie grinste, als eine kleine Charlie auf der virtuellen Landkarte erschien und fortan eindeutig auffindbar war. Im »Chez Babette«. Oder, sobald sie ihr Wasser ausgetrunken und bezahlt hatte, am Strand, denn es brachte vermutlich nichts, weiterhin hier zu warten. Wenn Maxim heute ins »Chez Babette« hätte kommen wollen, wäre er längst da. Charlie hatte sich mittlerweile entschieden, gleich an dem Strandabschnitt nachzusehen, an dem sie letztes Jahr immer gewesen waren. Vielleicht gab es heute ein Picknick, ein Volleyballturnier oder was auch immer seine Pläne geändert hatte. Und wenn Maxim dort auch nicht war, dann würde sie eben doch zur Sprachschule gehen und den Verwalter (wie hieß er noch gleich?) rausklingeln, um ihn in ihrem besten Französisch um Maxims Adresse zu bitten. Wenn all das nicht funktionierte, hatte sie immer noch einen Joker im Ärmel: Sie konnte einfach noch einmal versuchen, ihn anzurufen und ihm zu sagen, dass sie da war. Aber das war Plan X, denn erstens hatte das ja gestern schon nicht funktioniert, und zweitens würde das die Überraschung, die Freude und überhaupt alles, was sie so lange herbeigesehnt hatte, ruinieren. Also war es vielleicht doch nicht unbedingt ein Joker, sondern eher die allerletzte und am wenigsten attraktive Option.

Als Charlie wieder von ihrem Handy aufsah, musste sie lächeln. Es war wirklich witzig, wie oft sie in den letzten Stunden immer wieder gedacht hatte, Maxim vor sich zu sehen. Es war entweder sein Gang, seine Statur, die blonden längeren Haare und die weinrote Mütze oder irgendetwas anderes gewesen, das ihrer Fantasie vorgespielt hatte, dass er gerade auf der Promenade an ihr vorbeigeskatet war, einen Cappuccino am Nachbartisch getrunken hatte, oder vor dem »Chez Babette« vorbeigegangen war. Ein paarmal war sie sogar aufgesprungen und hinterhergelaufen, bis derjenige sich umgedreht hatte. Er war es nie gewesen.

Wieder stand so einer vor dem Eingang des »Chez Babette« mit dem Rücken zu ihr. Er hatte den Arm um ein Mädchen gelegt, das ihn glücklich anstrahlte. Charlie lächelte erneut bei deren Anblick und wollte sich schon wieder ihrem Wasser widmen, da legte der junge Mann seinen

Kopf in den Nacken und lachte. Charlie gefror das Blut in den Adern. Das war keine optische Täuschung. Vor dem Eingang stand er wirklich. Maxim. Dieses Lachen würde sie überall wiedererkennen. Er war es.

Charlie konnte kaum atmen vor Aufregung. Sie wollte aufspringen und zu ihm hinlaufen oder zumindest seinen Namen rufen und auf sich aufmerksam machen, aber gleichzeitig war sie völlig gelähmt. Irgendetwas war falsch hier. Er hatte sie bisher nicht bemerkt. Kunststück. Er hatte nur Augen für das blonde Mädchen in seinem Arm. Sie war der Inbegriff einer Sprachschülerin: blond, langbeinig und mit einem hellen Kichern, das Charlie bis zu ihrem Platz hören konnte. Sie tippte auf Schweden. Das Mädchen sah Maxim exakt so an, wie sie selbst ihn letztes Jahr vermutlich angesehen hatte. War das ein grausamer Scherz und wenn ja, wer hatte ihn sich ausgedacht? Oder ... interpretierte sie da zu viel hinein und das Mädchen war nur eine – irgendeine – Freundin? Endlich konnte Charlie sich rühren und war schon aufgesprungen, um hinauszulaufen, da beugte Maxim sich zu dem Mädchen hinunter und küsste es. Nicht zum Abschied oder wie man eben Freunde küsst, die man gerne hat. Nein, er küsste sie, wie er Charlie letztes Jahr geküsst hatte.

Charlies Mund war auf einmal total trocken und sie musste sich sehr zusammenreißen, um überhaupt weiterzuatmen. Ihr war kotzübel und eiskalt.

Als sie sich wieder einigermaßen rühren konnte, machte sie einen Schritt in seine Richtung. Noch einen. Und noch einen. Es fühlte sich an, als würde sie sich in Zeitlupe bewegen und als würde sie jeder, wirklich jeder, anstarren. Sie hatte das Bedürfnis zu rennen und die beiden auseinanderzureißen, Maxim anzuschreien, aber sie konnte sich nicht schneller bewegen als jemand, der durch zähen und sehr dichten Nebel watete. Ihr Sprachzentrum gehorchte ihr ebenfalls nicht und sie hatte Mühe zu schlucken. In ihren Ohren rauschte es, und während sie weiterging, wurde ihr klar, dass sie sich gefährlich nah an einer Ohnmacht befand.

Und dann stand sie plötzlich vor ihm.

An seinem Blick erkannte sie, dass er nicht mit ihr gerechnet hatte. Nicht nur das, sondern auch, dass er einen äußerst schmerzhaften Augenblick brauchte, um sich an ihr Gesicht zu erinnern. Er war mindestens so geschockt, sie zu sehen, wie umgekehrt.

»Charlie? Das ist … ich … was machst du denn hier, Surfergirl?«, fragte er verwirrt. Immerhin hatte er das Mädchen losgelassen, das jetzt ebenfalls einigermaßen irritiert danebenstand.

»Also, ich …« Es war eine Katastrophe. Was sollte sie sagen? All die Sätze, die sie sich vorher zurechtgelegt hatte, waren verpufft. Sie hatte keine Worte für das, was sie fühlte, was sie hier wollte. Warum sie hergekommen war. Nicht mehr. Sie konnte Maxim nur anstarren. Sein Gesicht war leer. Keine Erkenntnis. Keine Freude. Nichts, was ihr gezeigt hätte, dass er wirklich in sie verliebt und glücklich über ihren Anblick war. Eine besonders schmerzhafte Frage drängte sich ständig vor alle anderen: Hatte Maxim sie die ganze Zeit nur verarscht?

Charlie konnte immer noch nicht sprechen. In ihrem Kopf pulsierte Theos »*Schroeder ist fake. Schroeder ist …*« im Takt zu ihrem viel zu schnellen Herzschlag. Ja, Theo hatte es gewusst. Aber woher? Und warum hatte sie ihren Freunden nicht geglaubt?

»Das hier ist übrigens Elin aus Norwegen.« Maxim riss Charlie aus ihren Gedanken und zeigte auf das Mädchen, das mittlerweile ihr Interesse an der Unterhaltung verloren und sich in die Cocktailkarte vertieft hatte.

Wie schön für Elin. Maxim lächelte, als ob nicht gerade Charlies Welt in Millionen Teile zersplittert wäre, die sich alle gleichzeitig schmerzhaft in ihr Herz bohrten.

»Möchtest du vielleicht mit uns was trinken? Du bist irgendwie so … blass?«, fragte er fröhlich. Er hatte überhaupt nichts bemerkt, oder … vielleicht war es ihm auch egal?

Nein, sie wollte nichts trinken. Lieber wollte sie Elin einen Cocktail ins Gesicht schütten, Maxim eine runterhauen und irgendwohin gehen, wo man besser denken konnte. Aber bevor sie etwas sagen oder tun konnte, hatte Maxim sie schon am Arm genommen. »Sitzt du irgendwo?«, fragte er und Charlie wies wortlos auf ihren Strandkorb.

Anscheinend hatte er doch gemerkt, dass es ihr nicht gut ging. Charlie registrierte, dass er Elin einfach stehen ließ, aber auch, dass er ihr vorher noch einen Kuss auf die Wange gedrückt und irgendetwas ins Ohr geflüstert hatte, was Charlie nicht verstand. Es hatte sich nach »Malentendu« – dem französischen Wort für Missverständnis angehört und ihren kompletten Körper mit heißem Schmerz überzogen. War sie das Missverständnis? Ihr Herz und ihr Hirn hatten keine Chance. Sie konnte einfach nicht begreifen, was sie sah. Klar, sie hatte sich nicht angekündigt, aber trotzdem: Wie konnte jemand Nachrichten mit so viel Gefühl absenden und dann ein anderes Mädchen küssen? Wie konnte er hier stehen und den Arm um Elins Schultern legen? Nein, dieser Maxim hier hatte mit dem, der ihr in den letzten Tagen geschrieben hatte, absolut nichts gemeinsam.

»Also, Charlie. Erzähl mal, was machst du hier? Urlaub mit deinen Eltern?« Er schenkte ihr sein schönstes Maximlächeln.

Was sollte der Small Talk? Fiel ihm wirklich nichts Besseres ein? Sie hatte tausend Fragen, aber konnte keine so richtig greifen. In ihrem Kopf herrschte Chaos. Mit komplett ausgetrocknetem Mund presste Charlie das Einzige hervor, was sie zustande brachte: »Bist du Schroeder?«

»Bin ich … wer?« Maxim lachte laut auf und sah sie dabei an wie jemanden, der nicht bis drei zählen konnte.

»Excuse-moi, Charlie, aber ernsthaft noch mal: Was machst du hier?«

»Was ich hier …? Warst nicht du es, der mir geschrieben hat, dass er mich gern wiedersehen würde?«

»Ich habe … was? Nein, Surfergirl, so leid es mir tut, da musst du dich irren.« Er legte den Kopf schief und grinste, sodass diese beiden Grübchen in seinen Wangen erschienen, die Charlie so liebte. »Also, ich freue mich natürlich, dich zu sehen, Charlie, keine Frage …« Er hob entschuldigend die Augenbrauen. »Aber ich habe keine Ahnung, wer dieser Schroeder ist. Wenn du wegen ihm hier bist, dann muss ich dich leider enttäuschen.«

»Wegen ihm … ja, ich …«, stammelte sie.

»Hey, was ist denn los? Du machst mir echt Angst!« Er lachte. »Brauchst du was für den Kreislauf? Ein Bier vielleicht? Du bist doch schon sechzehn, oder?«

Mechanisch nickte Charlie. Er wusste noch nicht einmal so richtig, wie alt sie war? Aber er hatte ihr doch zum Geburtstag gratuliert, fragte sie sich verzweifelt, wie war das alles möglich? Gab es zwei Maxims? Wo war der, den sie kannte?

»Also, noch mal von vorn«, sagte er, während er dem Kellner zunickte, der ein Bier vor Charlie abstellte. Dann sah er Elin nach, die nach drinnen ging, wo sie offensichtlich ein paar Freundinnen entdeckt hatte. Wenigstens hatte er aufgehört zu lachen. »Wie bist du hierhergekommen und was machst du hier?«

Das Erste war leicht zu beantworten. »Mit dem Flugzeug.« Das Zweite … eher schwierig.

»Ich … du … hast mir doch geschrieben, oder?«, flehend schaute sie ihn an. Jetzt wäre der richtige Zeitpunkt, um sich als Schroeder zu erkennen zu geben.

Maxim beugte sich nach vorne und sah ihr tief in die Augen. »Das stimmt, Charlie, ich habe dir geschrieben. Aber das ist schon ewig her. Mindestens zwei Wochen.« Er schüttelte den Kopf. »Ich fand es wirklich sehr nett mit dir, aber du musst doch zugeben, dass das mit uns keine Zukunft …«

»Zwei Wochen?«, unterbrach sie ihn irritiert. »Wie meinst du das?«

»Wie? Wie ich das meine?« Er fischte sein Handy aus der

Tasche und zeigte ihr seine letzte WhatsApp, die er an sie geschrieben hatte. Genau vor dreizehn Tagen.

> Ma Chérie, wie geht es dir? Mir geht es gut. Wir haben sehr viel Spaß, aber tu me manques! Ich vermisse dich! XXX, Maxim

Charlie konnte sie auswendig, so viele Male hatte sie sie gelesen – bis er in der Nacht nach ihrem Geburtstag wieder geschrieben hatte.

»Und das auf Snapchat?« Es musste eine Erklärung geben.

»Snapchat?« Erstaunt sah Maxim sie an. Entweder er war ein verdammt guter Schauspieler, oder er hatte wirklich keine Ahnung, wovon sie sprach.

»Genau: Snapchat! Diese App, bei der man sich lustige Bilder oder auch … liebevolle Nachrichten schickt … dieses Snapchat?« Wie zum Beispiel: *Ich bin in dich verliebt, seitdem ich dich das erste Mal gesehen habe*, vervollständigte sie in Gedanken. Charlie schüttelte den Kopf, als er sie weiter mit offenem Mund anstarrte.

»Snapchat? Schroeder? Kein Begriff?« Charlie war am Verzweifeln.

»Charlie, ich weiß, was Snapchat ist«, antwortete Maxim endlich, nachdem er sich mehrfach mit beiden Händen durch die Haare gefahren war. »Ich habe einen Account. Ich wusste nur nicht, dass du auch einen hast.« Er hatte … er wusste nicht …? Das wurde ja immer bescheuerter. »Ich habe immer noch keine Ahnung, wovon du sprichst, aber wer auch immer Schroeder ist, ich bin es jedenfalls nicht!« Nun schaute er eher mitleidig, als verwirrt. »Es tut mir leid, dir das sagen zu müssen, Surfergirl, aber ich glaube, irgendjemand hat dich total verarscht!«

Tränen schossen Charlie in die Augen, die sie dieses Mal auch nicht aufhalten konnte. Maxims »Es tut mir leid!« hörte sie nur wie durch einen Schleier und sehen konnte sie sowieso nichts mehr. Noch nie in ihrem ganzen Leben hatte sie so einen Schmerz gefühlt.

THEO

Sie waren schon mehr als sieben Stunden unterwegs. Unter normalen Umständen wäre es bestimmt ein lustiger Trip gewesen. Sie hätten sich bestimmt darüber gestritten, wer die Musik auswählen durfte, zwischendurch in irgendwelchen kleinen Örtchen, an Seen oder vor Bergen angehalten, gesungen und sich blöde Witze erzählt, gelacht oder auch voller Vorfreude auf ein gemeinsames Abenteuer aus dem Fenster gesehen und geschwiegen. Aber Charlie war nicht bei ihnen, also gab es auf diesem Trip keine normalen Umstände, und sie waren auch nicht auf dem Weg in den Urlaub. Sie hatten nur eine einzige sehr kurze Pinkelpause gemacht, hatten getankt und waren dann, so schnell wie möglich, weitergefahren.

Noch zwei Stunden bis Nizza. Theo saß hinten, er hatte seine Stirn gegen das kühle Fensterglas gelehnt und starrte nach draußen, um sich immer wieder dieselben Fragen zu stellen: Warum hatte er nicht früher mit Charlie gesprochen? Warum war es überhaupt so weit gekommen? Und warum hatte sie sich nur in diesen Vollidioten verliebt?

»Hast du einen Plan?« Johanns Stimme war rau, als er Theos Gedankenspirale durchbrach. Er hatte sich nicht beschwert, aber Theo konnte sich lebhaft vorstellen, wie anstrengend die Fahrt für Johann war. Da weder Anouk noch er einen Führerschein hatten, konnten sie ihn auch nicht ablösen. Vermutlich half ihm nur der Zorn auf Theo dabei, konzentriert zu bleiben.

Theo litt. Aber auch wenn er unbedingt wollte, dass die beiden wussten, dass er das nicht vorsätzlich getan hatte, so hatte er bisher nicht wirklich eine Gelegenheit gehabt, irgendetwas zu erklären.

»Ich habe gedacht, wir fahren als Erstes zur Sprachschule«, schlug er vor. Er fand seinen Vorschlag selbst völlig bescheuert, aber etwas Besseres wollte ihm einfach nicht einfallen.

Johann schnaubte. »Zur Sprachschule? Nachts um elf? Wer soll denn da sein? Der Hauself vielleicht?«

»Hast du eine bessere Idee?«, schaltete sich Anouk ein, und Theo war froh, dass sie gefragt hatte. Aus seinem Mund hätte es patzig und falsch geklungen, während sie es schaffte, sanft und beruhigend zu wirken. Dass sie Johann dabei vorsichtig eine Hand auf den Arm legte, half bestimmt ebenfalls.

»Ich? Nein, ich habe keine Ahnung, wie wir sie finden sollen, wenn sie ihr Handy ausgeschaltet hat.« Johann stieß wütend die Luft aus. So lange so wütend hatte Theo ihn noch nie erlebt. »Normalerweise würde ich sagen, fragt

Theo, der weiß immer, wo meine kleine Schwester ist«, sagte er mit gepresster Stimme. »Im Zweifel ist er überhaupt selbst dort, aber … das scheint sich ja wohl geändert zu haben, oder, Theo? Immerhin sitzt du hier und hast genauso wenig eine Ahnung. Sprachschule …« Er schüttelte den Kopf und schob ein wütendes »Ich kotz gleich!« hinterher.

»Reg dich ab, Johann!« Theo spürte, wie ihn die ewigen Vorwürfe zermürbten. Er verstand Johanns Wut und er war selbst wütend auf sich, aber wenn sie nicht gemeinsam überlegten, würden sie Charlie erst recht nicht finden. »Ich akzeptiere, dass du sauer auf mich bist, und ich übernehme auch die Verantwortung dafür, dass Charlie weg ist, aber deshalb kann ich noch lange nicht hellsehen! Wenn ich gewusst hätte, was sie vorhat, hätte ich es verhindert, das kannst du mir glauben!«

»Ich soll dir irgendetwas glauben?« Johann drehte sich für den Bruchteil einer Sekunde nach hinten um, und Theo sah die Wut in seinen Augen aufblitzen.

»Johann!« Anouk zuckte vor Schreck zusammen, als das Auto einen kleinen Schlenker machte. »Was soll das? Glaubst du, es hilft irgendjemand, wenn ihr euch hier anschreit? Oder noch schlimmer, wenn du uns in irgendeinen Graben kutschierst?« Wenn Anouk nicht dabei gewesen wäre, würden sie wahrscheinlich längst irgendwo am Straßenrand stehen und sich prügeln oder versuchen, ein komplett verbeultes Auto aus einer Leitplanke zu ziehen, weil sie schon während der Fahrt eine Schlägerei angefangen hätten. Theo war ihr sehr dankbar, dass sie in der Lage war, das zu verhindern.

»Du hast ja recht, Nucki«, lenkte auch Johann ein. »Ich bin eben stinksauer. Und ich mache mir Sorgen!«

»Ich mache mir auch Sorgen«, sagte Theo leise, aber das hörten weder Johann noch Anouk. Oder wenn, dann reagierten sie nicht darauf.

Eine Stunde und siebenundvierzig Minuten bis Nizza. Immer noch kein Plan.

Zum gefühlt tausendsten Mal schaute Theo nach, ob Charlie endlich ihr Handy wieder angemacht und sie Theo oder sogar Schroeder vielleicht eine Nachricht hinterlassen hatte, die einen Hinweis darauf gab, wo sie sich aufhielt. Fehlanzeige. Aber sie war online. Theo keuchte vor Überraschung, als er bemerkte, dass sie auf Snapchat ihren Standort freigegeben hatte. Das war das Wunder, das sie brauchten!

»Fahr schneller, Johann, ich weiß, wo Charlie ist«, rief er aufgeregt und tippte Johann dabei auf die Schulter. Sein Herz füllte sich zaghaft mit Hoffnung. Sosehr er in den letzten Tagen Snapchat verflucht hatte, so froh war er jetzt darüber, dass er es installiert hatte.

Schnell aktivierte auch er seinen Standort. Falls – aus irgendwelchen verrückten Gründen – Charlie selbst ebenfalls nach ihm suchte, sollte sie wissen, dass Theo in der Nähe war. Vielmehr … Schroeder natürlich.

Er konnte sich nicht entscheiden, was stärker war: die Hoffnung darauf oder die Angst davor, dass sie mittlerweile wusste, wer in Wirklichkeit dahintersteckte.

22

NICHT JEDER TAG IST SCHÖN, ABER AN JEDEM TAG GIBT ES ETWAS GUTES. (LINUS VAN PELT)

»Wie meinst du das, du bist Maximal99?« Charlie hörte zwar, was er sagte, aber ihr Gehirn weigerte sich immer noch, es zu begreifen. *Maximal99.*

»Wie ich es sage: Das ist mein Snapchat-Name.« Der Name war wohl Programm. Sein Bitmoji war eine perfekte Abbildung seines Egos. Ein blonder Surfertyp mit Sonnenbrille und Skateboard unter dem Arm, mit Muskeln und in coolen Klamotten. Natürlich war sein Standort freigegeben. Jemand wie er wollte schließlich gesehen werden. Selbstgefällig zeigte Maxim auf die Anzahl seiner sogenannten »Freunde«, mit denen er in der App verbunden war. Es waren knapp zweitausend.

Ihr *Schroeder* hingegen hatte genau eine einzige Freundin. Sie selbst. Wie blöd musste man sein, um auf so was reinzufallen? Natürlich hatte sie sich insgeheim gefragt, warum er extra für sie ein eigenes Profil angelegt hatte, aber sie hatte sich eingeredet, dass er das getan hatte, weil er etwas nur für sie beide allein hatte haben wollen. Charlie hatte es romantisch und süß gefunden, aber jetzt, da sie Maxim gegenübersaß, wurde ihr klar, dass er weder das eine noch das andere war und dass er auch nie auf so eine Idee gekommen wäre. Wie naiv sie gewesen war. Und dumm. Wie konnte man sich nur so in einem Menschen täuschen?

Maxim riss sie aus ihren Gedanken. »Aber hey, kein Problem! Ich bin vielleicht nicht dein mysteriöser Schroeder, aber vielleicht möchtest du ja auch lieber mit Maximal99 befreundet sein?«, fragte er und legte selbstgefällig grinsend seine Hand auf ihren Oberschenkel, nachdem er einen kurzen Blick zu Elin geworfen hatte, die nach wie vor mit ihren Freunden an der Bar stand. Ob sie … mit ihm *befreundet* sein wollte? Sie war nach Nizza gekommen, weil sie mit ihm zusammen sein wollte, und nun fragte er sie nach einer virtuellen Freundschaft? Im Grunde noch nicht einmal das – vielmehr fragte er sie, ob sie sich in die Liste der weiblichen Fans einreihen und ihm einen weiteren Follower verschaffen wollte? Ihr wurde schlagartig klar, dass es überhaupt nicht um sie ging. Schmerzhaft begriff sie, dass es auch davor nie um sie gegangen war, sondern immer nur um ihn. Selbst im letzten Sommer.

»Ich muss mal schnell … auf die Toilette«, sagte er und winkte Elin, die für einen Moment zu ihnen hergesehen hatte. »Bin gleich wieder da.«

Charlie nickte mechanisch, als er aufstand und in Richtung Bar davonging. Er hatte alles liegen lassen. Auch sein Handy.

Als eine Nachricht aufpoppte, tippte Charlie darauf. Es war mehr ein Reflex als eine beabsichtigte Handlung.

Ein Mädchen namens Nicole hatte ihm auf WhatsApp geschrieben.

Ich vermisse dich auch und hoffe, dich bald wiederzusehen, schrieb auch diese Nicole als Antwort auf seine Nachricht, die Charlie öfter gelesen hatte als jede andere WhatsApp in ihrem Leben.

> Ma Chérie, wie geht es dir? Mir geht es gut. Wir haben sehr viel Spaß, aber tu me manques! Ich vermisse dich! XXX, Maxim

Ihr wurde schlecht, bei dem Gedanken daran, wie vielen Mädchen er wohl immer wieder dasselbe geschrieben hatte und wie viele davon, wie Charlie selbst, geglaubt hatten, dass er nur sie gemeint hatte. Ungläubig scrollte sie durch die Nachrichten. Alle waren gleich.

Sie räusperte sich, als er gut gelaunt wieder an ihren Tisch kam.

»Hast du dich ein bisschen beruhigt?«, fragte er. »Es wäre doch schön, wir könnten unser unverhofftes Wiedersehen feiern, anstatt unsere Zeit mit unwichtigem Kram zu verplempern, meinst du nicht?« Er hob sein Bierglas, um mit ihr anzustoßen, aber als sie nicht reagierte, zuckte er mit den Schultern und nahm einen großen Schluck. »Ich kapiere es nicht, Charlie: Du bist hier. Ich bin hier. Lass uns ein bisschen Spaß haben, los!« Er versuchte, den Arm um sie zu legen, aber sie schob ihn beiseite.

»Du hast echt keine Ahnung, wer Schroeder ist, oder?«,

fragte sie, mit dem letzten bisschen Hoffnung, das sie gerade noch so mühsam zusammenkratzen konnte, und zeigte auf ihr Snoopy-T-Shirt. »Und das hier? Weißt du das auch nicht mehr? Die T-Shirt-Aktion?«

»Ja, und weiter?« Ein wissendes Lächeln breitete sich auf Maxims Gesicht aus, als er nickend auf ihr Shirt deutete. »Keine Ahnung, wovon du sprichst, Charlie, aber ich mag Snoopy.« Sein Grinsen wurde noch breiter und er starrte unverhohlen auf Charlies Brüste. »Also, wenn das eine Einladung ist, dann sag ich nicht Nein.« Er streckte die Hand nach ihr aus, aber bevor er sie berühren konnte, stieß sie ihn unsanft zurück. Sein anzügliches Verhalten war ekelhaft.

Am liebsten wäre sie vor Scham im Boden versunken. Ihr wurde schlecht bei dem Gedanken daran, wie verliebt sie in ihn gewesen war. Mit der Betonung auf »gewesen«, immerhin, denn sie war vielleicht naiv, aber dumm war sie nicht. Wenn er sie trotz Elin anbaggerte und anderen dieselbe Nachricht schrieb wie ihr, dann hatte er das letztes Jahr auch während ihrer »Beziehung« gemacht. Was hatte sie nur in diesem Typen gesehen? Wie blind konnte man sein?

Es war, als hätte jemand einen Schleier von ihren Augen genommen. Hier saß der wohl eingebildetste, überheblichste und oberflächlichste Vollidiot, der ihr je in ihrem Leben begegnet war. Ihre Freunde hatten es anscheinend sofort begriffen und sie auch noch vor Maxim gewarnt. *Schroeder ist fake, Charlie Brown!* Theo hatte es gesagt. Sie hatte es nur nicht hören wollen. Das schlechte Gewissen, weil sie einfach abgehauen war, kam mit voller Wucht zurück, aber das half ihr jetzt auch nicht weiter. Maxim saß nach wie vor neben ihr und hielt sich für den coolsten Typen im kompletten Sonnensystem, und ihre Frage war immer noch nicht beantwortet: Wenn Maxim nicht Schroeder war, wer und wo war dann der sensible liebevolle Typ, der ihren Namen und die Peanuts kannte und der ihr diese ganz besonderen Nachrichten geschrieben hatte? *Ich bin in dich verliebt, seitdem ich dich das erste Mal gesehen habe …*

Solche Gefühle konnte man einfach nicht erfinden. Wer würde ihr all diese Dinge schreiben, wenn nicht … wenn er nicht … wenn nicht jemand, der sie wirklich liebte? Sie, Charlotte Haferkamp, vielmehr Charlie – und nicht die Idee von etwas, das aus Leichtigkeit, Sommer, Selbstbestätigung und einem flüchtigen Moment gemacht war. Jemand, der sie wirklich kannte. Jemand, für den sie Charlie Brown war. Und er selbst für sie … Schroeder. Oder vielleicht Pig Pen, sagte eine leise Stimme in ihr. Charlie begann zu schwitzen, als sie begriff. Für einen winzigen Augenblick war sie unglaublich erleichtert, weil er es war, der ihr geschrieben hatte, und nicht irgendein kranker Psychopath, der irgendwoher ihren Kontakt bekommen hatte und sie im Internet stalkte. Aber dann kam die Wut mit voller Wucht zurück. Theo. Er hatte sie belogen. Hatte als Schroeder ihre Gefühle ausgenutzt und alles kaputt gemacht, was man kaputt machen konnte. Ja, Schroeder war fake, das konnte man wohl sagen. Und plötzlich bekam alles, was in den Nachrichten stand, einen schalen Beigeschmack. Warum hatte er das getan?

Hatte sie jetzt von einer Sekunde auf die andere nicht nur ihre Liebe, sondern auch noch ihren besten Freund verloren? Ihr war schlecht. Ihr Herz schmerzte und Tränen schossen ihr in die Augen. Zum zweiten Mal an diesem schrecklichen Abend tat sich ein Abgrund vor ihr auf und sie stürzte taumelnd hinein. Warum hatte Theo ihr das angetan? Vor ihrem inneren Auge erschienen all die Momente, in denen er sie ermutigt und getröstet hatte. Sie hatte ihm geglaubt. Vertraut. Und während er ihr in die Augen gesehen hatte, hatte er die ganze Zeit gewusst, dass es diesen Maxim gar nicht gab. Dass er es selbst war, der diese Nachrichten schrieb. Reichte es ihm nicht, Elies zu haben und glücklich zu sein, musste er auch noch ihr Glück zerstören? Noch nie war sie gleichzeitig so wütend und so verzweifelt gewesen.

»Charlie? Erde an Charlie? Bist du immer noch geschockt, weil ich nicht dein Schroeder bin, oder können wir uns jetzt mal wieder um angenehmere Dinge kümmern?« Vor lauter Verzweiflung hatte Charlie Maxim ganz vergessen, obwohl er seine Hand auf ihr Knie gelegt und begonnen hatte, ihr Bein zu streicheln. Wieder schob sie seine Finger zur Seite und sah ihn entsetzt an.

»Wie bitte? Was meinst du damit?« Sie sah sich um, um die Aufmerksamkeit eines Kellners zu erlangen. Sie wollte weg. So schnell wie möglich. Wohin auch immer, Hauptsache, weg.

»Ach, nichts weiter. Ich dachte nur … « Er rückte noch ein Stückchen näher und versuchte noch einmal, seine Hand auf ihrem Bein zu platzieren. »… da du ja offensichtlich hier bist, um mich zu sehen und Zeit hast, weil dein Schroeder nicht auf dich wartet, möchtest du vielleicht später … ein bisschen mehr von mir als nur mein hübsches Gesicht.« Er fuhr mit seinen Daumen an ihrem Oberschenkel nach oben.

Schnell hielt sie seine Hand fest. War es ihm etwa egal, welches Mädchen da vor ihm saß, solange er es nur einfach haben konnte? Eklig!

»Gefällt dir das etwa nicht?«, fragte er und lächelte süffisant.

Charlie wusste nicht, was sie widerlicher fand: sein Grinsen oder seine Hand auf ihrem Bein.

Er schien allerdings nichts von alldem zu bemerken. »Weißt du noch, letztes Jahr musstest du immer um elf in der Sprachschule sein und wärst so gern bei mir geblieben«, fuhr er fort und streckte seine Hand dieses Mal nach ihren Haaren aus und wickelte eine Haarsträhne um seinen Zeigefinger. Charlie ließ es geschehen, obwohl sie am liebsten davongelaufen wäre. Aber ohne zu bezahlen traute sie sich das nicht.

»Komm schon, Charlie«, sagte er schmeichelnd. »Scheint, als würde niemand auf dich warten oder dir sagen, wo und wann du schlafen sollst, oder täusche ich mich?«

Siedend heiß fiel Charlie wieder ein, dass sie ja wirklich auf ihn gebaut hatte, was ihre Übernachtung anging, und tatsächlich keinen Plan B hatte. Schließlich hatte sie ja auch überhaupt nicht damit gerechnet, einen zu brauchen. Unter diesen Umständen würde sie auf keinen Fall bei ihm übernachten. Am Strand zu bleiben war allerdings auch nicht wirklich eine Option. Irgendwann würden sie dort sicher irgendwelche Polizisten aufgreifen und womöglich ihre Eltern anrufen. Sie brauchte dringend eine Alternative.

Komm schon, Charlie Brown, denk nach!

Für eines der teuren Hotels an der Promenade reichte ihr Geld definitiv nicht, und es war sowieso fraglich, ob sie um diese Uhrzeit noch eines finden würde.

Maxim schien zu spüren, dass sie unsicher wurde, und er rückte noch ein wenig näher an sie heran. »Du hast die Wahl. Aber eines kann ich dir sagen: Wenn du dich gegen eine Nacht mit mir entscheidest, entgeht dir was.«

Am liebsten hätte sie ihm wenigstens die beinahe komplett geschmolzenen Eiswürfel aus ihrem Glas in den Schoß gekippt, nachdem das Wasser ja schon seit Ewigkeiten leer war, aber tatsächlich fühlte es sich an, als hätte sie keine Wahl.

Verzeiht mir, Mama und Papa, dass ich so dumm war. Verzeih mir, Nucki, dass ich dir nicht geglaubt habe, verzeih mir Johann, dass ich nichts gesagt habe. Und Theo: Ich hasse dich und will dich nie wiedersehen!

»Ich …«, setzte sie an und verstummte abrupt. Denn als sie aufsah, stand genau dieser Theo vor ihr, den sie nie wiedersehen wollte, den Blick fest auf Maxim gerichtet.

Ihr Herz war ein Verräter, denn es klopfte heftig und vor Freude, während ihr schon wieder Tränen in die Augen schossen. Sie konnte gar nicht so schnell denken, wie Theo Charlies Hand nahm und sie nach oben zog. Sie war hin und her gerissen, zwischen dem Wunsch, ihn ans Schienbein zu treten und sich in seine Arme zu werfen.

»Charlie geht nirgendwo mit dir hin! Sie kommt nämlich mit mir«, knurrte er.

»Wer ist denn dieser Affe, Charlie?« Maxim begann zu lachen. Als sie nicht antwortete, schüttelte er den Kopf, während er so tat, als müsse er sich Lachtränen aus den Augen wischen.

»Aaah, jetzt verstehe ich! Herzlich willkommen in Nizza, *Schroeder!*«, sagte er gehässig und fing schon wieder an zu lachen. »Oh Mann, ihr habt euch echt verdient.« Er hievte sich nach oben und deutete eine kurze Verbeugung an. »Na gut, danke Leute für die tolle Vorstellung! Ich muss sagen, ich habe mich sehr gut amüsiert. Aber wenn ihr mich jetzt entschuldigen würdet …? Ich habe noch was … Interessanteres zu erledigen.« Er zwinkerte Charlie zu. »Charlie«, er lächelte falsch und wandte sich an Theo, der ihn hasserfüllt ansah. »Schroeder«, er salutierte total affig, bevor er sich umdrehte. »Es war mir eine Ehre, einen echten Idioten kennengelernt zu haben.«

Wortlos warf Theo zehn Euro auf den Tisch, schnappte sich mit der einen Hand ihre Reisetasche und zog mit der anderen eine völlig fassungslose Charlie hinter sich her aus dem »Chez Babette« in Richtung Meer.

Das Einzige, wozu Charlies armes Hirn nun in der Lage war, war zu denken, dass zehn Euro niemals für die Limos, das Wasser und die Sandwiches reichen würden und dass dann Maxim wohl den Rest würde bezahlen müssen. Ihre Knie zitterten wie verrückt und sie konnte kaum gehen. Außerdem bekam sie nicht besonders gut Luft, denn sie atmete so flach, dass sie sich nach ein paar

Metern für einen Moment nach vorne beugen musste, um die Sternchen nicht mehr zu sehen, die vor ihren Augen tanzten. Als sie wieder bei Atem war und auch wieder sehen konnte, richtete sie sich auf und holte aus, um Theo eine zu scheuern.

23

WENN ALLE MEINER MEINUNG WÄREN, HÄTTEN ALLE RECHT. (LUCY VAN PELT)

Nachdem ihre Ohrfeige ins Leere gelaufen war, versuchte Charlie, sich noch im Gehen loszumachen, aber Theo hielt ihr Handgelenk in einer eisernen Umklammerung. Sie war so wütend, dass sie ihn am liebsten getreten hätte. Während sie die Straße überquerten, konzentrierte Charlie sich auf den Verkehr, aber sobald sie an der Promenade ankamen, fokussierte sie ihre komplette Wut auf Theo, auf Maxim und überhaupt auf diese Scheiß-Situation, sodass sie es tatsächlich schaffte, sich aus seinem Griff zu befreien. Sie überlegte, ob sie einfach abhauen sollte, denn nichts lieber als das würde sie tun. Allerdings: Wohin? Charlie schlängelte sich durch die abendlichen Flaneure und Skater hindurch und rannte zum Strand. Das Licht der Stadt war hell genug, um die Kieselsteine einigermaßen zu beleuchten. Charlie konnte die Wellen sanft an den Strand schlagen sehen. Normalerweise beruhigte sie der Anblick und die Geräusche des Meeres, aber heute konnte sie es kaum ertragen. Trotzdem ging sie ein wenig langsamer weiter. Als sie Kies unter ihren Füßen spürte, blieb sie stehen und drehte sich zu Theo um, der direkt hinter ihr geblieben war. »Verdammt, Theo, was machst du hier? Was willst du?«

»Was ich hier …? Charlie, bitte …« Sein Gesicht war furchtbar blass und für einen Augenblick machte sie sich Sorgen um ihn. Theo streckte wieder die Hand nach ihr aus, aber sie schob sie grob zur Seite. Das Letzte, was sie wollte, war angefasst zu werden. Sie bebte vor Wut und ihr Herz schlug bis zum Hals.

Wenn er sie noch einmal berührte, dann würde er es bereuen. Sie. Hasste. Ihn.

Theo seufzte. »Können wir uns vielleicht irgendwo hinsetzen?«

»Ich stehe ganz gut, Theo. Wirklich. Wenn man es genau nimmt, habe ich den ganzen Tag gesessen. Und weißt du auch warum?«

»Ich …« Er versuchte, etwas zu sagen, aber sie ließ ihn nicht zu Wort kommen.

»Weil ich im ›Chez Babette‹ gewesen bin«, presste sie wütend zwischen ihren Lippen hervor. »Den ganzen Tag. Dort habe ich gewartet. Dreimal darfst du raten, auf wen.« Sie schnaubte. Es tat gut, endlich mal so richtig Dampf abzulassen. Am liebsten hätte sie Theo dabei bei jedem einzelnen Wort geboxt, wie sie es früher als Kinder ab und zu getan hatten. Wenn er sie unterbrochen hätte, hätte sie das auch getan. Aber Theo ließ sie reden. Er wusste wahrscheinlich, dass er sowieso keine Chance gehabt hätte. Bei jedem ihrer Worte zuckte er zusammen, als wären sie elektrisch geladen.

»Ich habe auf Schroeder gewartet, Theo, den Kerl, den ich für meinen Freund gehalten habe.« Sie nahm einen Stein und wollte ihn über die Wellen springen lassen, aber mit ihrer Wut im Bauch konnte sie sich nicht genug konzentrieren. Der Stein versank sofort im Wasser.

»*Ich bin dein bester Freund, Charlie Brown*«, zitierte sie eine von Schroeders Nachrichten.

»Charlie, ich … ich bin aber doch wirklich dein bester …«

»Halt die Klappe, Theo! Wie konntest du mir das nur antun? Du hast mich vorgeführt, belogen und in eine Situation gebracht, die furchtbar ist. Und dann, um es noch viel schlimmer zu machen, platzt du mitten in mein Gespräch mit Maxim, als ob es das Normalste der Welt ist, hier einfach so herumzuspazieren. Du führst dich auf, als hättest du irgendeinen Anspruch auf mich, als würde ich dir gehören und …« Sie kniff die Augen zusammen. So richtig hatte sie das Ganze immer noch nicht verstanden. Das Einzige, was sie wusste, war, dass es sehr viel leichter war, sauer zu sein als traurig. Und dass es schon lange überhaupt nicht mehr um Maxim ging, sondern um sie beide. »Warum?« Wütend warf sie noch einen Stein. Auch er versank sofort. *Scheiß Stein.*

Theo räusperte sich. »Ich sage es dir gern, wenn du mich nicht mehr anschreist«, begann er. Bevor Theo weitersprach, nahm er ebenfalls einen Stein und ließ ihn formvollendet mindestens fünfmal übers Wasser hüpfen, bis er in der Dunkelheit verschwand.

Scheiß Stein und scheiß Theo.

Sehr gerne hätte sie ihn tatsächlich weiterhin angeschrien, aber irgendwie waren ihre Worte aufgebraucht. »Dann mach! Bitte!« Was auch immer er sagen würde, sie würde ihm nicht verzeihen. Sie hasste ihn und würde ihn immer hassen. Ab jetzt. *Schon allein wegen dem Stein.*

»Okay. Was möchtest du? Soll ich es kurz machen oder ausführlich erklären?« Er streckte beide Arme nach ihr aus, als wolle er sie umarmen, aber Charlie ignorierte die Geste.

»Ich will, dass du verschwindest«, knurrte sie.

»Gut, das ist gerade keine Option, Charlie Brown.«

»Ich will es trotzdem.« Trotzig hob sie noch einen Stein auf.

Am liebsten hätte sie ihn Theo an den Kopf geworfen. »Und nenn mich verdammt noch mal nicht mehr Charlie Brown!«

Theo ließ die Arme sinken und sah sie unverwandt an. »Charlie, ich wollte dich nie verletzen oder in eine blöde Situation bringen, das musst du mir einfach glauben.« Er schüttelte den Kopf und steckte die Hände in seine Hosentaschen. »Mann, ich wollte dir doch nur mit einer Geburtstags-Snap eine Freude machen!«

»Das ist dir ja prima gelungen«, brummte sie. Charlie spürte, dass auch Theo langsam die Geduld verlor, aber das war ihr in diesem Moment egal.

»Stimmt, das ist es. Und weißt du auch warum?« Seine Stimme war fest und Charlie konnte den Ärger darin erkennen. »Weil du von Anfang an geglaubt hast, dass sie von Maxim kommt«, fuhr er fort. »Weil du es glauben wolltest. Dass ich dir geschrieben haben könnte, das kam dir gar nicht in den Sinn! Ich habe es nur gut gemeint. Mann, Charlie: I_am_Schroeder! Für mich war das total eindeutig! Woher sollte ich auch wissen, dass dieser Vollidiot von Maxim ein selbst bemaltes Snoopy-T-Shirt von dir bekommen hat?« Theo lachte ein freudloses Lachen. »Was denkst du denn, warum ich überhaupt ein Profil erstellt und eine Nachricht geschrieben habe? Ich sage dir, warum: Es war eine Kurzschlussreaktion, weil ich dein trauriges Gesicht nicht mehr ertragen habe. Weil ich dachte, dass du dich über eine Nachricht von mir vielleicht genauso freust wie über eine von Maxim. Und weil ich insgeheim gehofft habe, dass du mich dann vielleicht auch einmal so ansiehst wie das bescheuerte Foto von Maxim, das du immer wieder auf deinem Display angestarrt hast. Wie blöd ich doch war. Nein, wahrscheinlich habe ich nicht genug nachgedacht. Aber ich konnte doch nicht ahnen, dass du jedes meiner Worte falsch interpretieren würdest?« Er schüttelte traurig den Kopf. »Und weißt du, warum ich mich nicht einfach Theo_Sonntag genannt habe, Charlie Brown? Ganz einfach: Ich wollte dich an unsere Freundschaft erinnern, die zumindest da noch genau so war wie die von Charlie Brown und Schroeder. Es ist zum Verrücktwerden, wie schwer von Begriff du gewesen bist! Aber auch wieder kein Wunder, schließlich war ich für dich ja auch nicht Schroeder, sondern Pig Pen, der ewig dreckige Freund. Meinst du, das fühlt sich gut an?«

Charlie wollte ihn unterbrechen, aber Theo hob die Hand.

»Nein, jetzt rede ich, Charlie. Du musst das alles wissen.

Und dann kannst du immer noch entscheiden, ob du wütend auf mich bist.« Er räusperte sich wieder. »Wo war ich? Ach ja: Ich wollte das alles auflösen und dir die Wahrheit sagen, gleich bei der ersten Nachricht, aber als du so glücklich und erleichtert warst, dass Maxim endlich geschrieben hat, habe ich es einfach nicht übers Herz gebracht, dir zu gestehen, dass ich selbst Schroeder bin. Ich weiß natürlich, dass man niemand zu seinem Glück zwingen kann. Und wenn ich gehofft habe, dass du durch diese Aktion diesen Typen loslässt, dann habe ich mir selbst etwas vorgemacht. Vielleicht habe ich das Richtige gewollt, aber wenn ich nur ein bisschen mein Hirn eingeschaltet hätte, hätte ich wohl kapiert, dass dieser Schuss nach hinten losgehen könnte. Und nicht nur das: Auch wenn ich es nicht absichtlich getan habe, habe ich spätestens dann das Mädchen belogen und hintergangen, das mir am allerwichtigsten ist, als ich den Irrtum nicht aufgeklärt habe. Wenn also einer hier ein Vollidiot ist, dann wohl ich. Aber als ich das begriffen hatte, kam ich schon lange aus der Nummer nicht mehr raus.

Aber ich *bin* Schroeder, Charlie, schon immer gewesen!

Es hat echt wehgetan, dass du da nicht drauf gekommen bist.« Traurigkeit hatte sich in seine Stimme gemischt.

»Willst du mir etwa sagen, dass ich selbst schuld bin?« Charlie stieß wütend die Luft aus, als Theo mit den Schultern zuckte. »Nicht dein Ernst, Theo Sonntag, oder? Im Gegensatz zu mir wusstest du nämlich, dass mein neuer Brieffreund nicht Maxim heißt, sondern Theo. Du hättest es mir einfach sagen können! Das machen echte Freunde nämlich so.« Sie biss die Zähne zusammen. Die Wut war mit aller Macht zurückgekehrt. »Aber du hast dich wahrscheinlich heimlich mit Elies über mich kaputtgelacht, weil ich zu doof war, um zu merken, dass mich jemand, dem ich vertraut habe, total verarscht!« Charlie spürte, wie ihr erneut die Tränen in die Augen stiegen. Es tat weh, so etwas zu denken.

»Elies?«, fragte er erstaunt.

»Ganz genau. Mit Elies.« Aber bevor sie weitersprechen konnte, kullerte eine Träne über ihre Wange und mit ihr verließ Charlie ihre komplette Kraft. Sie sank auf den Boden, wo sie einfach sitzen blieb.

Theo setzte sich ihr gegenüber. Mit dem Zeigefinger hob er ihr Kinn an, sodass sie ihm in die Augen sehen musste. Sie hatte keine Kraft, seine Hand wegzuschieben.

»Elies ist ziemlich hübsch und ein sehr nettes Mädchen, das weißt du auch, Charlie. Klar hat es mir geschmeichelt, dass sie mich gut fand, und es macht Spaß, mit ihr Zeit zu verbringen.« Er machte eine kurze Pause und versuchte Charlies Blick aufzufangen. »Aber es hat sich total falsch angefühlt. Ihre Hand war nicht deine Hand, ihr Lachen ist nicht dein Lachen, sie ist nicht du, Charlie. Ich habe dort auf dem Steg, als du so ausgerastet bist, kapiert, dass ich nicht mit ihr spielen darf, nur weil ich es kann. Einen Fehler aus Unüberlegtheit zu machen, ist schlimm genug. Aber den zweiten mit Absicht, das ist echt grausam.« Er lächelte kurz, als Charlie ihn tatsächlich ansah.

»Ich habe das beendet, was sich Elies gewünscht hat und ich ihr nicht geben konnte, rechtzeitig, bevor es richtig angefangen hat. Und ich war ein kleines bisschen stolz auf mich, dass ich wenigstens eine Sache rechtzeitig begriffen und richtig gemacht habe. Wenn es auch die kleinste auf meiner Liste war.« Er lächelte wieder. »Glaub mir, Charlie, ich habe nicht gelacht.«

Nein, das hatte er wohl nicht. Das konnte Charlie in seinem Blick erkennen. »Und schon gleich gar nicht mit Elies.«

In seinen Worten lag eine Wärme, die sie komplett einhüllte, wie eine Umarmung, die sie so dringend brauchte. Charlie sehnte sich zu sehr nach dem, was sie in Theos Augen gesehen hatte, nach der Nähe und der Sorge und ... nach Theo eben. Aber sie konnte, sie durfte sich nie wieder auf ihn einlassen. Sie zog ihren Kopf zur Seite. Da, wo sein Finger auf ihrem Kinn gelegen hatte, wich die Wärme seiner Berührung und hinterließ einen eiskalten Fleck. Sosehr sie wollte, dass er verschwand, so sehr wünschte sie sich auch, dass er sie wieder berührte. Ihr Körper war der wahre Verräter. Beinahe hätte sie nun ihrerseits ihre Hand ausgestreckt, so sehr brauchte sie jetzt jemanden, der sie einfach nur in den Arm nahm. Aber eines war klar: Alle durften sie in den Arm nehmen und trösten – nur nicht Theo.

»Du hast recht, es hätte mir einfallen können, dass du Schroeder bist, aber das ist eben einfach nicht passiert. Und ja: Vielleicht, weil ich mir gewünscht habe, es wäre Maxim gewesen«, antwortete sie heftiger, als sie eigentlich wollte. Es war ihr einfach alles zu viel. »Na und? Ich habe mich geirrt, das kann passieren! Aber du hast das Spiel weitergespielt mit voller Absicht. Das würde ein echter Freund niemals tun!« Sie rappelte sich auf. Mit der Wut kam auch ihre Kraft zurück. »Egal, was du sagst, Theo, wir beide sind fertig miteinander. Ich werde dir nie wieder vertrauen können. Und wenn du nicht abhauen willst, von mir aus. Dann bleib doch einfach hier sitzen. Ich höre mir jedenfalls nicht mehr länger diesen Schwachsinn an. Als ob es dich verletzt hätte, dass ich es nicht gemerkt habe. Nein, eines sage ich dir, Theo Sonntag, und das kannst du dir für immer hinter die Ohren schreiben: Hier geht es überhaupt nicht um dich. Und selbst wenn: Es interessiert mich nicht mehr.« Charlie merkte selbst, wie gemein sie war und wie wenig es stimmte. Natürlich ging es auch um Theo. Aber wenn sie ihn jetzt wieder in ihre Gedanken und ihr Herz ließ, dann würde sie völlig zusammenbrechen. Sie wollte einfach nur noch weg. »Tschüss, Theo, komm gut nach Hause – wie auch immer. Aber egal was du machst, halt dich von mir fern, okay?« Charlie drehte sich um und ging in Richtung Promenade.

»Charlie!« Theo war aufgesprungen und ihr hinterhergelaufen. »Bleib stehen, bitte!«

Ihr Verräterherz machte einen hoffnungsvollen Luftsprung.

»Was ist denn noch?« Wenn er jetzt noch mal von vorne anfing, würde sie schreien.

»Johann und Anouk stehen mit Tonis Bus auf dem Parkplatz hinter dem ›Chez Babette‹. Du kannst sie nicht verfehlen.« Er lächelte vorsichtig. »Und auch wenn es dir egal ist, was ich mache und wo ich bin, sollst du wissen, dass ich begriffen habe, dass ich einen Fehler gemacht habe. Aber nur aus dem einzigen Grund, weil ich einfach nur wollte, dass du wieder glücklich bist.« Er senkte seinen Blick. »Und weil ich dich liebe«, flüsterte er so leise, dass es beinahe im Rauschen der Wellen unterging. Charlie war sich noch nicht einmal sicher, ob er es wirklich gesagt hatte. »Pass auf dich auf, Charlie Brown. Es war schön, dein Freund gewesen zu sein.«

Bevor Charlie etwas erwidern konnte, drehte er sich um und ging.

24

UNGLAUBLICH, WIE DUMM MAN SICH VERHALTEN KANN, WENN MAN VERLIEBT IST. (LUCY VAN PELT)

Als Charlie endlich Tonis Bus mit dem scheußlichen Eisbecher drauf auf dem Parkplatz sah, war sie so erleichtert, dass sie sofort anfing zu weinen. Wortlos warf sie sich in die Arme ihres Bruders, und es war ihr dabei egal, ob sechzehnjährige Mädchen so was taten oder nicht. Er umarmte sie so fest, dass sie beinahe keine Luft mehr bekam. Und sie fühlte sich so ausgelaugt, als wäre sie wochenlang unterwegs gewesen, und traurig, als hätte sie etwas ganz Wesentliches verloren, dabei war sie einfach nur froh, dass sie Theo nicht mehr sehen oder hören musste. Außerdem war ihr übel und sie hatte gleichzeitig Hunger. Sie war einfach total erschöpft.

Nachdem Johann sie auf den Beifahrersitz bugsiert und Anouk ihr sowohl eine Cola als auch ein üppig belegtes Panino von Anna in die Hand gedrückt hatte, ging es schon ein bisschen besser – bis sie feststellte, dass es nicht der Hunger gewesen war, der sie sich so elend fühlen ließ.

»Ich weiß, das ist jetzt vielleicht nicht unbedingt deine Lieblingsfrage, aber …« Anouk räusperte sich. »Wo ist Theo?« Ein schmerzhafter Stich bohrte sich mitten in Charlies Herz, auch wenn es unglaublich guttat, in Sicherheit zu sein.

»Ist doch egal, wo er ist, Anouk!« Johann schaltete sich ein. Er klang gereizt, was vermutlich kein Wunder war. Das Dumme war nur, Charlie hatte sich diese Frage auch schon gestellt und dabei bemerkt, dass es ihr alles andere als egal war, wo sich Theo befand. Sein Französisch war nicht viel besser als ihres vor einem Jahr und er war noch nie in Nizza gewesen.

Sie sorgte sich. Das hatte ihr gerade noch gefehlt. Und sie war kurz davor, ihn vor Johann zu verteidigen. Verdammt!

»Nein, es ist nicht egal«, antwortete Anouk prompt. »Gleichgültig, was Theo gemacht hat und warum, er ist unser Freund. Deiner, Charlies und meiner, Johann! Er hat einen schlimmen Fehler gemacht, das stimmt schon, aber wir kennen ihn unser Leben lang! Hat er dich je im Stich gelassen oder schlecht behandelt?«

»Nein«, brummte sie. »Zumindest nicht bisher.« Sie war hin und her gerissen zwischen dem Gefühl, für das Chaos mitverantwortlich zu sein – denn sie hätte ja erstens weniger schwer von Begriff sein können und zweitens ihren Freunden Bescheid sagen können – und der Wut und Enttäuschung darüber, dass er ihr einfach nicht die Wahrheit gesagt hatte. Und sie ärgerte sich über Anouk. Ihre Freundin hatte im Grunde genau das Richtige gesagt. Aber für Charlies Wut war es eben das Falsche.

»Weißt du was, Anouk?«, fragte sie mit zusammengekniffenen Augen. »Wenn du lieber mit Theo abhängen willst, dann geh doch! Er ist irgendwo am Strand.«

»Das ist doch überhaupt nicht der Punkt, Charlie!« Anouk nahm sie fest am Oberarm und zwang sie, ihr in die Augen zu sehen. »Ich will dir doch nur sagen, was du eigentlich längst selbst bemerkt haben müsstest!«

»Ach ja, und was soll das sein?«, gab Charlie zurück, aber Anouk ließ sich nicht aus der Ruhe bringen.

»Weißt du noch? Die Schmetterlinge?« Anouk zwinkerte ihr zu. Dieses merkwürdige Gespräch würde Charlie vermutlich so schnell nicht vergessen.

»Klar. Ich erinnere mich.« Sie hatte ja selbst oft genug daran gedacht.

»Okay, hier kommt meine Theorie, Charlie …« Sie schlug mit den Handflächen in kurzen Abständen auf die Ablage vorn, um einen Trommelwirbel anzudeuten. Dann machte sie eine Pause und ließ die Bombe platzen: »Ich denke, du bist in Theo verknallt.«

Für einen Moment war es still, bis Johann laut anfing zu lachen.

»In Theo? Den Theo, den Charlie gerade in die Wüste geschickt hat? Der Theo, wegen dem wir hier sind? Der Theo, der mit Elies rummacht? Der Theo, der diesen Fake-Account …«

Charlies Herz begann wie verrückt zu klopfen. Niemals.

»Halt die Klappe, Johann!« Charlie hätte sich am liebsten die Ohren zugehalten. »Sofort! Ich kann das alles nicht mehr hören! Und das mit Elies ist mir egal!« Ihr Herz raste.

»Ist es nicht«, widersprach Anouk ruhig und legte ihre Hand erneut auf Charlies. »Und es stimmt ja auch gar nicht. Elies will vielleicht was von Theo, aber der ist absolut nicht interessiert. Und weißt du auch warum?« Sie wartete gar nicht erst ab, bis Charlie etwas dazu sagte. »Weil er in dich verliebt ist. Schon immer. Und wenn du mich fragst, auch für immer.«

Charlie schüttelte nur den Kopf. Sie war so müde. In ihrem Kopf wirbelten die einzelnen Gedanken umher und ließen sich nicht greifen. Sie brauchte dringend eine Pause, wollte nur für einen Moment die Augen zumachen und nichts mehr denken.

Sie war wohl eingenickt, denn als sie die Augen öffnete, standen sie auf einem hell beleuchteten 24-Stunden-Supermarkt-Parkplatz. Charlie hatte einen fiesen Geschmack im Mund und ihr war trotz der sommerlichen Temperaturen draußen kalt geworden. Sie hatte selbst im Schlaf Maxims überheblich lachendes Gesicht vor sich gehabt. Und jedes Mal, wenn sie ihm befahl zu verschwinden, wurde er zu Theo, der einen einzigen Satz in Dauerschleife in ihr Ohr raunte: *Schroeder ist fake, Schroeder ist fake, Schroeder ist fake.* Was für ein Scheiß.

Anouk und Johann hatten wohl beschlossen, etwas zu trinken einzukaufen, was sicher sinnvoll war (Essen schien es ja dank Toni und Anna ausreichend zu geben), aber Charlie hatte keinen Nerv, ihnen in den Supermarkt zu folgen. Sie war froh, dass sie alleine war und ihre Gefühle nach dieser wenig erholsamen Pause ein bisschen sortieren konnte. Sie starrte aus dem Fenster.

Maxim hatte also mit dem Schroeder der Nachrichten nichts zu tun gehabt. Es stimmte, er *war* fake, aber nicht weil sich dahinter Theo verborgen hatte, sondern weil Maxim einfach ein oberflächlicher Vollidiot war. So weit zu dieser Erkenntnis. Dazu, das zu bemerken, war dieser Trip definitiv gut gewesen, und Charlie hätte sich dafür ohrfeigen können, dass sie so lange dafür gebraucht hatte. Es wäre nichts passiert, wenn sie ihn einfach auch als nette Ferienliebe abgespeichert und die Erinnerung daran wie eine hübsche Postkarte bewahrt und sich daran gefreut hätte. Aber warum auch immer war ihr das nicht gelungen. Sie hatte sich voll in diese Maxim-Sache reingesteigert. So sehr, dass sie sogar Theos Nachrichten für seine gehalten hatte. Wie bescheuert war das denn bitte? Wieder und wieder sah sie sich die Bilder auf Maxims richtigem Account an. Angeberfotos. Wie hatte sie sich selbst nur einreden können, in diesen Typen verliebt zu sein? Bestimmt war er längst wieder zurück in seiner Wohnung. Ob mit oder ohne Elin, das war ihr egal. Sie war in eine Idee verliebt gewesen. In einen Menschen, den es gar nicht gab. Sie konnte nicht fassen, wie blöd sie gewesen war. Am liebsten hätte sie auch Schroeders Nachrichten noch einmal gelesen, die so warmherzig, liebevoll und süß waren, dass sie sich ein zweites Mal in Maxim verliebt hatte. Oh Mann. Sie schwankte zwischen der Erleichterung darüber, dass sie ihn los war, und dem Wunsch, dass es diesen Schroeder wirklich gab.

Wobei: Ganz plötzlich schob sich eine Erkenntnis über ihren Kummer: Es gab Schroeder ja! Er hatte kein Surferboy-Gesicht und schon gar keine Angeberpose drauf, sondern nur versucht, sie mit seinen Worten glücklich zu machen. Nun konnte sie gar nicht schnell genug I_am_Schroeders Nachrichten aufrufen, um sie wieder und wieder zu lesen.

Je öfter sie sie las, umso weniger konnte sie verstehen, wie sie Maxim darin hatte entdecken oder nicht hatte sehen können, wer wirklich dahintersteckte.

I_am_Schroeder

> Charlie, ich bin nicht der, für den du mich hältst. Ich hoffe, eines Tages habe ich den Mut ... Ich vertraue dir und hoffe, das, was wir haben, lässt dich verzeihen.
> XXX, Schroeder

Sie war so dumm gewesen. Blind. Konnte man es noch deutlicher sagen? Vermutlich nicht. Je länger sie darüber nachdachte, umso klarer wurde ihr, wer der eigentliche Vollidiot in der Geschichte gewesen war. Sie selbst. Und nicht nur das: Sie hatte Theo außerdem gesagt, dass sie ihn nie wiedersehen wollte. Ihr Herz hüpfte bei dem Gedanken an ihren Freund und eine Sehnsucht nach ihm überkam sie so plötzlich, als ihr bewusst wurde, dass Anouk recht hatte. Mit allem. Charlie war nicht nur in Theo verliebt, sondern es auch schon die ganze Zeit gewesen. Ihre Hände wurden feucht. Zeitgleich breiteten sich ein unglaubliches

Glücksgefühl und Panik in ihr aus. Verdammt! Sie musste ihn suchen!

Hoffentlich war er nicht wirklich gegangen!

Sie öffnete die kleine Snapchat-Karte und war das erste Mal dankbar für diese Ortungsfunktion. I_am_Schroeder war nämlich kaum einen Kilometer weit entfernt, und wenn sie sich nicht täuschte, immer noch am Strand unterwegs.

Charlie rannte vom Supermarkt zur Promenade und immer weiter am Meer entlang. Sie beglückwünschte sich dazu, dass sie zur Abwechslung an ein Ladekabel gedacht und im »Chez Babette« eine freie Steckdose gefunden hatte. Immer wieder schaute sie aufs Display. I_am_Schroeder bewegte sich nicht. Endlich näherte sie sich der Stelle, an der sie vorhin abgehauen war. Als sie Theo im Licht der Straßenlaterne auf der Bank sitzen sah, hüpfte ihr Herz vor Aufregung und ein riesiger Schwarm Schmetterlinge begann in ihrem Magen Loopings zu drehen. Der perfekte Junge war nicht Tausende Kilometer von ihr entfernt, sondern direkt hier, in ihrer Nähe. Egal, wie weit sie auseinander waren. Da, wo er immer gewesen war.

»Hi.« Charlie setzte sich neben ihn.

Theo sah sie noch nicht einmal an. »Das Meer … es geht und kommt und geht … und kommt immer wieder zurück. Das ist echt schön«, sagte er leise.

»Stimmt. Es ist schön – und auch ganz schön abgedreht, Theo«, antwortete Charlie.

»Und du?«, fragte er und wandte sich doch zu ihr um. Sein Blick war ernst und er musterte sie forschend.

»Ich?« Was meinte er bloß?

»Ja, du, Charlie, was ist mit dir?«

Das Meer spiegelte sich glitzernd in Theos Augen und der Mond tauchte die Konturen seines Gesichts in sanftes Licht. Am liebsten hätte Charlie ihre Hand ausgestreckt und wäre mit ihrem Zeigefinger vorsichtig an ihnen entlanggefahren, nur um sich zu vergewissern, dass er auch wirklich hier neben ihr saß.

»Ich bin auch schön und abgedreht.« Sie lächelte. »Und ich komme auch immer wieder zurück, wie du siehst.«

Beide beobachteten für einen Moment die Wellen. Charlies Herzschlag beruhigte sich langsam. Nicht nur die ganzen Fragen, die sie sich bis vorhin gestellt hatte, waren ganz klar beantwortet, sondern auch die eine, wesentliche. Die nach dem allerersten »Warum«.

»Ich glaube, ich habe einfach nur Angst gehabt, meinen besten Freund hergeben zu müssen, wenn ich mich in ihn verliebe«, flüsterte sie und nahm Theos Hand. Als er sie nicht zurückzog, fiel eine zentnerschwere Last von ihr ab. Alles würde gut werden. »Aber jetzt weiß ich, dass ich ihn trotzdem behalten kann. Also, ich hoffe es zumindest.« Charlie rutschte noch ein Stückchen näher an ihn heran, sodass sie ihren Kopf an seine Schulter legen konnte. Theo zog sie in seine Arme und hielt sie ganz fest, während er sein Gesicht in ihren Haaren vergrub und tief ihren ganz eigenen Duft einatmete. In diesem Moment fühlte sie sich sicher und geborgen. Zur richtigen Zeit am richtigen Ort mit dem richtigen Menschen. Charlie war klar, dass Johann vermutlich mittlerweile wieder kurz vor dem Ausflippen war, weil sie das Auto verlassen hatte und ihr Handy schon wieder im Flugmodus war. Aber Anouk würde sicher wissen, wo sie sie finden würden und ihn bestimmt beruhigen. Schließlich hatte sie von Anfang an alles durchschaut. Und recht hatte sie auch: In Charlies Bauch kribbelte und flatterte das Glück. Sie lächelte. Schmetterlinge logen tatsächlich nie.

Auch wenn es mittlerweile superspät war und sie vielleicht doch keinen Platz mehr auf dem Campingplatz bekommen würden, so war dies doch nach ihrem Geburtstag auf der Enteninsel der glücklichste Moment der Ferien.

Selbst wenn Charlie noch vor einer Stunde Nizza so schnell wie möglich hinter sich lassen und nach Hause gewollt hatte, so fand sie jetzt mit allen an ihrer Seite die Idee ziemlich gut, ein paar Tage zu bleiben, im Meer zu baden und die Sonne zu genießen.

Es war wie immer: Theo las offensichtlich Charlies Gedanken. »Charlie, ich muss dir auch noch was sagen.« Er sprach leise, während er ihr tief in die Augen schaute.

Kurz zuckte Charlie zusammen. Für noch mehr Geständnisse und Lügen hatte sie einfach keine Kraft. Aber das Lächeln, das auf Theos Gesicht lag, beruhigte sie. Außerdem: Was auch immer es war, es konnte warten. Sein Mund näherte sich ihrem.

Es ist genau wie im Film, dachte Charlie für einen Augenblick. Aber das dauerte nur, bis sich ihre Lippen tatsächlich berührten. Dann dachte sie einfach gar nichts mehr. Es fühlte sich richtig an. Genauso, wie sie es sich immer gewünscht hatte. Zwischen ihnen war dieses Funkeln und nichts und niemand würde sie mehr trennen können. Sie gehörten zusammen. Die Schmetterlinge in ihrem Bauch schlugen Kapriolen und flatterten wie verrückt. Charlie lächelte glücklich. Sie hätte viel früher auf sie hören sollen. Sie verschränkte ihre Finger mit Theos. »Was musst du mir sagen?«, fragte sie.

»Ach so, das!« Theo lachte und gab ihr noch einen kurzen Kuss, bevor er ein wenig von ihr abrückte. Dann schob er zärtlich ihre langen Haare hinter ihr Ohr und flüsterte: »Ich habe noch nicht einmal eine Badehose dabei.«

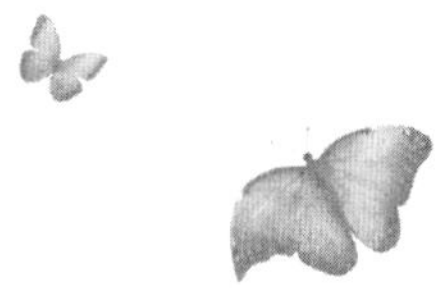

Hutzenlaub, Lucinde:
Schmetterlinge lügen nie
ISBN 978 3 522 50674 8

Umschlaggestaltung: Frauke Schneider
unter Verwendung von Bildern von depositphotos
©Rohappy und ©sun_tiger
Innentypografie: Kadja Gericke
Reproduktion: DIGIZWO GbR, Stuttgart
Druck und Bindung: CPI Books GmbH, Leck

FSC
www.fsc.org
MIX
Papier aus verantwortungsvollen Quellen
FSC® C083411

Dieses Buch wurde vermittelt durch die Agentur SCRIPTZZ
www.scriptzz.de